溺愛の恋愛革命

青野ちなつ

Illustration
香坂あきほ

B-PRINCE文庫

※本作品の内容はすべてフィクションです。
実在の人物・団体・事件などには一切関係ありません。

CONTENTS

スウィートなバースデイ 7
イジワルなおしおき 131
ふたりのパパ 213
あとがき 240

スウィートなバースデイ

シュワシュワと泡が肌の上で弾《はじ》ける。爽《さわ》やかな初夏の高原にいるような香りが、バスルームいっぱいに満ちていた。

「ふぅん、クラスで食事会ね。しかも上級生も一緒にって、まるで小学生みたいだな」

「ピアサポートって言うらしいです。大学生活において、何かわからないことが出てきたときに先輩に相談しやすいように日頃からコミュニケーションを取っておくことが大切だって」

水面から覗く自らの膝小僧《ひざこぞう》の上で泡がたゆたうのを興味深く見ていると、背後の泰生《たいせい》が気に入らないように鼻を鳴らすのを聞いた。

「大山《おおやま》の野郎も行くのか？」

「たぶん。大山くんも同じクラスに編成されたし」

膝小僧から顔を上げるタイミングで、泰生がため息をついて背中にのしかかってきた。肌と肌が触れ合う感覚は思った以上に心地いいものだと、泰生と付き合うようになって知った。泰生の体の重みも潤《じゅん》を幸せな気分にさせる。

泰生と一緒にお風呂に入るのはちょっと苦手だけど、こんなんだったらいいな……。

風呂好きを自認する潤だが、泰生と一緒となると少し勝手が違う。明るいなかで裸を見られるのは未だに落ち着かないし何よりやはり恥ずかしい。しかし、今日は香りが気に入ったからと泰生がもらってきたバスジェルによって、二人の体は泡の中。そのため、いつもと違ってとてもリラックスして泰生とくっついていられた。

「仕方ねぇな、あいつも行くんなら。けど、間違っても酒は口にすんなよ？」

「もちろん。まだほとんどの人はお酒は飲めない年だと思うし」

「それもあるけど、おまえは酔っ払うと厄介《やっかい》なんだよ」

「厄介って……」

後ろから潤を懐《ふところ》に抱くように座っている泰生を振り返り、しばし見つめ合った。言おうか言うまいか。思案しているような目の色に潤も少し怯《ひる》む。

今まで潤は意図して酒を飲んだことはなかった。知らずに口にしたり思わぬアクシデントで偶然口にした程度だが、その時々にどうやら色々とやらかしているらしい。酒に弱いわけではないけれど、酔いがさめると記憶をなくしてしまうため酔っ払った自分が何をやったのか、正確には潤は知らなかった。

「酔ったおれは何をしたんですか？」

少し恐いような気持ちで、潤は腹の前で交差する泰生の腕に自らの手を重ねる。

「あー……。おれ的には酔っ払ってエロくなった潤は大歓迎だが、おまえに言うと成人してからも飲まないなんて言い出しかねないか」

ぼそりと吐かれた泰生の呟きは小さすぎて潤は聞き取れなかった。が、泰生はひとりで結論を出したらしい。振り向いて言葉を待つ潤の頭に手を置いて、無理やり前を向かせた。

「とにかく飲まなきゃいいんだよ、それだけ潤は覚えとけ」

「えぇー……」

「いいから、言うことを聞いてろ。大学生の集まりなんて羽目を外すヤツばっかで、おまえのことだから雰囲気にのまれるのがオチだ。酒は飲まないと最初から強く決めてたら、あとも違ってくるはずだから。いいな？」

「はぁい……」

そう言われると、確かにと潤は考え込む。

ごく最近まで友人がいなかった潤は、泰生以外の誰かと食事に行くこともなかった。先ほどから名前が挙がっている大山は高校卒業を前に初めて出来た友人だ。が、受験を控えていたこともあり彼とも今まではあまり密な付き合いはしていなかった。

しかもこれまで勉強ひと筋に育ってきたせいで、世慣れていないことも自覚している。大勢の人との食事会などろくに知りもしないし体験したこともない。雰囲気にのまれるという泰生の言い分は非常に納得出来る話だ。

「大山の野郎にくっついてろ。保護者ヅラしたがるあいつのことだ、せっせと面倒を見るだろ」

それにも潤は渋々頷いた。しかし結局、酔っ払った自分がどんなふうに厄介なのかはぐらかされたことに気付く。今さら蒸し返すのも何なのでもう聞かないけれど。

「くくく。キノコみてぇ。いや、キノコ妖精か？」

最初潤を宥《なだ》めるために優しく頭を撫でていた泰生だが、途中から泡を掬《すく》って何かをしていると思っていたら、ふわふわの泡を潤の髪に絡めて子供じみた創作活動に励んでいたらしい。が、自分の頭がその材料に使われるのはちょっと心外だ。

しかも、キノコ妖精って何なのかな……。

ムッとして振り返ると、泰生の笑いはさらに大きくなってしまった。バスルームに明るい笑い声が響く。その声を聞いているうちに、潤も何だか楽しくなるから不思議だ。

自分より五歳も年上だが、泰生は潤以上に無邪気になるときがある。好奇心旺盛で何にでも興味を持ち、キラキラと少年のような目をする泰生は少し眩しいくらいだ。

きちんとした大人なのに年齢に囚われない柔軟な感覚を持つ泰生だからこそ、感性がものを言うファッション業界でも世界のトップモデルとして第一線に立っていられるのかな。

いや、今のこれはちょっと違う気がするけど……。

「わ…っぷ。潤、おまえっ」

ぶるるっと頭を振ると、泡がバスルーム中に飛び散り泰生も泡だらけになってしまった。

「すみませんっ、泡が落ちてきたからつい――…」

「ったく。犬猫じゃねぇんだからぶるぶるするな。ほら、大人しくしてろ」

潤を胸に抱くと、泰生は頭についた泡をその大きな手で落としてくれる。耳の後ろを拭《ぬぐ》い、髪を梳《す》くように泡を取り除いた。

シュワ、と泰生の手が動くごとに泡が消えていくはかない音がする。

泰生の手に梳かれる潤の髪色は、少し明るめの黒髪。だが、本来は栗色だ。母親が北欧《ほくおう》系の外国人であるため、潤も肌の色が白かったり瞳の色が薄かったりと容姿はハーフ特有のものだが、身長だけは外国人のように高くなってくれない。腕に収まるちんまり感がいいと泰生には絶賛されるが、それは潤にとって決してほめ言葉ではなかった。

後ろから泰生に抱かれる今の格好など、体格の貧弱《ひんじゃく》さを思い知らされる最たるものだ。泰生に抱かれるのは心地いいけれど、毎回少し複雑な気分にさせられてしまう。

そういえば、と背後の泰生が思い出したように声を上げた。

「もうすぐおまえ誕生日だな、ゴールデンウィークの中日《なかび》か。大学は休みなんだろ？」

次の誕生日を迎えると、自分は十九歳になる……。

去年までは何の感慨もわかなかった自分の生まれた日が、今年は何だか特別なものに感じていた。恋人の泰生が祝ってくれるからというのはもちろんだが、潤の中で誕生日の意識が変わってしまったせいだ。泰生という大切な人が出来て初めて、この世に特別な人が誕生した日を祝いたいと思うようになった。生まれてきてくれて嬉しいと伝えたい、と。

だから、自分の誕生日さえ特別に感じる。泰生と出会うためにこの日に生まれた――この世に生まれ出でた特別な日に思えるから。

「泰生は、確か夕方の便で帰ってくるんでしたよね？」

残念ながら潤の誕生日当日、泰生は上海《シャンハイ》で仕事が入っている。幸いなことに仕事は午前中で終わるらしく、帰国して夜には一緒にお祝いが出来ると聞かされて楽しみにしていた。

「あの、空港まで迎えに行きます」

「いや、ゴールデンウィーク中だから成田《なりた》は人が多い。潤なんかがウロウロしてると危ないから、今回は来るな」

「危ないって何ですか。おれはもう大学生なんですけど」

背後に身をよじろうとすると、先んじて泰生が湯の中で潤の体を抱き上げてくれた。その手に助けられ、泰生と向き合う格好に落ち着く。泰生の体の上に乗り上げる感じだ。

「子供扱いしないで下さ――」

抗議の途中で、泰生の指先に唇をつままれた。思わず言葉を止めて目を瞬《しばたた》かせると、泰生が意地悪っぽく唇を歪《ゆが》めてくる。

「大人はこんなふうに唇を尖らせたりしないんだよ」

「泰生っ」

「あーはいはい。でもその日は本当に迎えに来なくていい、他にも色々不確定要素が多いから。それより、おまえの誕生日だ。プレゼントで何か欲しいものはあるか？　何でもいいぜ、言うだけ言ってみろ」

「誕生日プレゼント……」

泰生がプレゼントしてくれるもの——？

考えるけれど、潤が欲しいものはひとつだけだ。

「泰生が…欲しいです。いえっ、あの、正確に言うと泰生の時間がというか」

虚を衝《つ》かれたような顔をされて、潤は慌てて言い直す。

「泰生と一緒にいられたらそれだけでおれは嬉しいから。誕生日の日、泰生がずっと傍《そば》にいてくれたらって……」

わがままかな、と泰生をちらりと見る。

最近の泰生は日本にいても忙しい。連日のようにパーティーに呼ばれるし、取材や撮影が分刻みでつまっているくらいだ。それでも潤の誕生日は泰生にとって移動日に当たるはずで、他に仕事が入っていない可能性が高い。だから夜だけではなく、泰生が日本に帰ってきたときから傍にくっついていたいなと思っていた。それゆえに、空港にも迎えに行きたかったのに。

「泰生……？」

じっと泰生を見下ろしていると、腕を摑まれて引き寄せられた。

「ったく、こいつは——」

「……ん」

上体を屈めることになった潤に、泰生が伸び上がるように唇までの距離を縮めてくる。触れた唇はほんのり甘い味がした。先ほど潤が泡を飛ばした際に、泰生の唇にも飛んだのかもしれ

ない。オーガニックのバスジェルは口に入れても害はないらしいが、こんなに甘いとは予想外だった。それとも、泰生の唇そのものが本当に甘いのか。

どうしてキスすることになっているのか潤にはまったくわからなかったけれど、泰生の唇の甘さを確かめるために今度は自分からそっと舌を伸ばしてみる。

「っ……ん、ん…っは」

だが、潤の舌先は泰生の唇に触れることなく口の中へと吸い込まれてしまった。舌を吸われて甘噛みされて、背中が騒《ざわ》めく。泰生の口の中は熱くて、伝わってきた熱で潤まで体がほてっていくようだ。

「っん、泰……せ…、ぅ……ん」

中途半端な体勢が苦しくなって泰生の首に腕を回すと、二人の肌に挟まれた泡がシュワと消えていく音がした。

「ふ……ん、ん」

泰生の手はうなじを行き来していた。こんなところまで子供仕様なのかと密かにコンプレックスを抱いている潤の細い首を、官能を煽《あお》るわけではなく、優しい気持ちが積もっていくように大きな手で撫でられる。

「泰…生？」

ようやくキスがほどけて、潤は泰生を見下ろした。

突然のキスは何だったんだろう。

そんな疑問が顔に表れたのか、目の前の恋人はふっと笑う。

「天然が恐ろしいって、おまえと話すたんびに思うわ」

困ったような、呆れたような、擽《くすぐ》ったいような、そんな色々と混ざった泰生の顔だった。

愛おしいと告げられているような気さえする。

泰生こそ、こんな顔を見せられておれは毎回ドキドキするんだけど……。

世界で活躍するトップモデルである泰生は人も羨《うらや》む長身もさることながら、有名な彫刻家が彫り上げたような整った容貌も魅力的で、有名雑誌の表紙を何度も飾ったほどだ。カメラを睨《にら》みつける黒豹《くろひょう》のような鋭《するど》い表情や見る者の官能を煽りたてるような色気のある眼差し、傲岸《ごうがん》不遜《ふそん》な王者の睥睨《へいげい》など、モデルとしての『タイセイ』は誰をも魅了してならないものである。

けれど潤は、そんな泰生より今のような感情が見える顔が好きだった。意地悪そうに唇を歪める笑顔や楽しげに目を細める表情、ときに怒る顔でさえ潤の心をガツンと揺さぶる。

キスをしたばかりの今は特に好きだという気持ちが大きくなる気がした。頭の中がピンク色に染まった感じさえして、それが肌や瞳に現れていないか鏡で確認したくなる。

そんな潤の前で、泰生の肉感的な唇が横に大きく引き上がった。

「とろんとした目ぇして。今にも食って欲しいって顔してるぞ」

ずばり指摘されてしまい、潤は目元を赤く染めて俯いた。

「プレゼントはおれが考えとく。何か欲しいもんがあったらって聞いたけど、聞いたおれが間違ってた。潤は物欲がないんだったな」

本当にプレゼントなんていいのに。

そう言おうと思ったとき、泰生の手が潤の背中で妖しく動き始める。

「っ…ぁ、っ――…」

背中に泡をぬりつけるようにマッサージしてくる手に、潤は体をすくませた。ゆっくりと、泰生は手のひら全体を使って潤の体を探ってくる。

「う…んっ、っ、っ、は………」

今までたいして意識したことがなかった背中なのに、手を這わせられると体が震える場所があった。肩甲骨《けんこうこつ》の下だったり、脇《わき》の近くだったり、背骨の横だったり。

背中で泡が動くたび、泰生の肩を摑む手にぎゅっと力が入った。

「あ、っ…泰…生……っ」

泰生の体の上に乗り上げるような格好だ。ちょっと目線を下げると、そこに泰生の顔がある。

湿った黒髪がまといつく端整な顔が今は蠱惑的《こわくてき》に緩《ゆる》んでいた。鋭さと甘さを同居させた黒瞳が潤の嬌態《きょうたい》を甘く見つめている。唇にちろりと赤い舌がひらめくと、ゾクゾクと鳥肌が立った。

「膝で立ってみろ」

だから、唆《そそのか》されると従ってしまう。泰生の腰を挟むように潤はバスタブの底に膝を立てた。泰生が脇に回した手で潤の体を支えてくれる。

「うーん、いい眺めだな」

楽しげに見上げる泰生に潤の心臓は変に跳ねた。

先ほどより目線がほんの少し上だ。泰生の目の高さは潤の胸辺りで、何の眺めがいいのかと疑問に思ったとき、体を支えてくれていたはずの手が愛撫のために動き始める。

「ゃっ………ぅ」

泰生が見ていたのは潤の胸にある小さな粒だと気付いたときには愛撫を受けていた。

脇に置かれた泰生の手は、指を伸ばすと乳首に触れるほど長い。それだけ潤の体が細いのかも知れないけれど。

「ぁ…んっ、んっ」

両方の親指で一番の弱点である乳首を押し潰されてしまい、潤はたまらず甘えた声を上げた。

まだ柔らかいそこにゆっくり芯が入っていくさまを、捏《こ》ねられるゆえにまざまざと感じた。滑りのいい指が、時に目標から外れて尖りの側面をかすめると背中でゾワゾワとした何かが蠢《うごめ》き、体をくねらせたくなる。

「あっ、んーん、ゃうっ——…っ」

シュワシュワと、乳首の上で泡が弾けるあえかな刺激さえ潤は敏感に感じ取った。

湯に浸かって愛撫を受けているせいか、体が熱い。目の前がクラクラして膝が震え、とうとう脚から力が抜けてしまう。

「おっと」

かくり、とくずおれた潤の体は泰生の手に支えられた。そのままゆっくり泰生の腰の上に座らされたが、その場所はちょうど潤の危うい部分。そこに下から、硬く頭をもたげている泰生の欲望を押しつけられて、潤はびくりと体をすくませてしまった。

「いつまでたっても初々しい反応だな」

苦笑交じりに呟かれ、潤は潤んだ瞳で泰生を見た。

泰生の欲望に触れるとどうしてこんなに体が発熱してしまうのだろう。ざわざわと落ち着かない気分になって、全身の骨が溶けてなくなったみたいに力が抜け落ちてしまう。

「すげぇエロい顔」

舌なめずりをする泰生は、潤の腰に当てていた大きな手を臀部《でんぶ》へと滑らせてくる。やわやわと肉付きの薄いそこを揉《も》み込まれると、泰生の欲望の上で体が動いてしまった。危うい部分に触れる泰生の熱塊《ねっかい》がさらに質量を増していくのを感じて、潤の瞳は熱く潤む。

腰の奥が甘く疼《うず》き、蜜《みつ》のような欲望が重く体にたまっていく。

「っや、ぁ――…っ……」

ひとりでに腰が揺らめき、いつしか潤は自分から泰生の屹立《きつりつ》に体を擦《こす》りつけてしまっていた。

「ッチ。ピッチ上げすぎなんだよ、おまえはいつもっ」

舌打ちの声と共に、臀部にあった泰生の手は奥へと忍び込んでくる。

「っや、ぁ…やです…やぁっ」

股の間にある泡をかき分けているのか、それとも潤の秘所に泡をなすりつけているのか。ひときわ感じる箇所を泡でマッサージされる感覚に、潤はたまらず泰生の首にしがみついた。

「ひ…ぃ…んっ、や、ゃうっ」

けれどそのせいで臀部がわずかに浮き上がり、泰生の指がそれまで以上に自由に蠢くようになってしまう。双丘の狭間にひそむつぼみどころかさらにその奥の双珠にまで届くほど。今まで感じたことがない落ち着かないような快感に鼓動が速くなった。

遊んでいた泰生の指がひたと秘所に止まったとき、だから潤はホッとしたのかもしれない。無意識に力を抜いていたのか、指はスムーズに中へと入ってきた。

「っ…ぅ……」

奥まで侵入してきた指に翻弄《ほんろう》され、指の数もわからなくなるほど解《ほぐ》された頃には、潤はぐったり泰生の体にもたれてしまっていた。

「泰生、熱…ぃ」

目の前がクラクラするのは湯にあたったのかもしれない。体まで赤くなっている潤を見て、泰生がハッと顔を上げた。

「悪いっ、つい夢中になった」

湯の中から潤を掬い上げた泰生はざっとシャワーで体の泡を落とすと、脱衣室へと運んでくれる。床に大きなバスタオルを広げ、そこに潤をそっと寝かせた。

セントラルヒーティングで調整された脱衣室は涼しくて、潤は目を閉じて胸を喘《あえ》がせる。

「大丈夫か？　水、飲むか」

心配げな響きの声に、潤はゆっくり瞼《まぶた》を上げた。大丈夫だと頷《うなず》くと、頬《ほお》を撫でてくれている泰生の指を摑んだ。夢中になったのは自分だって一緒だ。泰生のくれる快楽は本当に気持ちがよくて、もっともっとと自分はいつも欲張りになってしまうのだから。

潤んだ視界に映る泰生を見ながら、無意識にその指を噛んでいた。

「っ……」

虚を衝かれたように泰生が息をのむ。が、すぐに大きくため息をついた。

「あー、おまえはもうっ」

ガリガリと頭をかくと、潤を睨んでくる。

「大丈夫なんだな？　気分が悪いとか、眩暈《めまい》がするとかないな？」

「ん、泰生が足りない…だけ」

「……たまに、おれはおまえに殺されるんじゃねぇかって思うぜ」

泰生はぼそりと呟いて、ようやく潤の体に触れてくれた。足を左右に大きく開かせるとその間に体を進ませてくる。泰生が足りないと思った秘所に熱が触れたのはすぐだった。

「っ…あ、ん——…っ」

泰生の雄がめり込んでくる。十分に解されたと思ったのに、それはさらに肉壁を押し開いてくるため、息が止まりそうになるのを潤は必死で宥めた。

「ぁ、あ……ふ…うんっ」

自分とは比べものにならない力強さ、違ったリズムが刻まれる拍動、ほてった自分の体以上にさらに高い熱を持つ塊《かたまり》に、まざまざと泰生が身の内にいるのを実感する——その瞬間、全身にざっと鳥肌が立つ。

「は…ぅ——…っ、っ、あぁ」

快感が尾骨から背骨を駆け上がってくる。腰が震え、内側から泰生に——泰生の熱塊にしがみついてしまった。

「っ……ったく。煽るな、エロガキが」

やけに低い声で呟かれて、腿《もも》を摑む泰生の手に力がこもった。

潤が潤んだ目で見上げると、それが合図だったように泰生がゆっくりと動き始める。けれど、ゆっくりだったのは最初だけだ。すぐにピッチは上がった。

「ひ、っ……っあ、ぁ、あ」

柔らかい肉壁を猛《たけ》った欲望が抉《えぐ》り、擦り上げていく。ぎりぎりまで引きずり出されたあと、一気に奥まで穿《うが》たれる衝撃には抱え上げられた足が何度も宙を蹴《け》った。

容赦ない律動だが、それは湯あたりした潤を気遣うためだろう。時間をかけずに一気に吐精へと導かれる泰生の激しさはストレートに気持ちよかった。

体ごと持っていかれるような重い貫きに、潤は甘い悲鳴を上げる。

もう、ダメだ——っ。

頭ではないどこかでそう考えた潤を、泰生はさらにきつく抉っていく。

「ぁ…っん、ん、んっ————…っ」

ひときわ深い場所を穿たれた瞬間、息が止まった。自らの精で腹をぬらしたとき、泰生の熱が内部に打ちつけられたのを感じた。


「テニスサークルやってます、間違っても熱血のテニス部じゃないからね。ユルーく楽しくが活動のモットーです。新歓コンパをやるよ。女の子がいっぱい来るから、ぜひ君もおいで」

「そこの君、海の男になってみないか。ヨット部では男の中の男を募集している。君のような男を待っていたんだよ！」

「落研《おちけん》でーす。新歓ライブやりまーす。無料チケットあるので受付へどぞー」

「あの、ちょっと……」

「留学に興味ないですか？　国際人になりましょう。国際交流会です。名前と連絡先を――」

手の中にどんどん増えていくビラの山、距離を狭めてくる体格のいい上級生たちにただただじとなる潤を、横から伸びてきた腕が救い出してくれた。

「さっさと歩く。立ち止まったら終わりなんだよ、ああいうのは」

形のいい頭に短く刈られた髪型で硬派な印象をいっそう強めている大山とは、受験生時代に出会い、同じ大学に入学した今では潤の一番の友人である。

その大山の手には不思議と一枚のビラもなかった。高校まで空手をやっていた大山は体格もよく、その貫禄《かんろく》から新入生と思われなかったのか。もしくは精悍《せいかん》というより強面《こわもて》の印象が強いために実は恐れられたのかもしれない。

大山に引っ張られるまま、サークル勧誘のストリートを潤は今日もようやく通りすぎることに成功した。それでも、潤の手に握らされた勧誘ビラはさらに枚数を増やしていた。

不思議だ。いったいいつの間に……。

「おまえも毎回律儀《りちぎ》だな。興味ないなら捨てればいいのに」

ため息をつきながら潤がバッグにしまい込んでいると、大山は苦笑をもらしている。

もらったビラを不用意に捨てないためだろう。道のど真ん中に大きなゴミ箱が置いてあった。新入生だろう学生たちが次々とビラを捨てていくけれど、数メートル手前でもらったビラを読みもせずにゴミ箱に捨てるという行為が潤にはどうしても出来ず、今日もお持ち帰りだ。

大学生活がスタートして半月ほど。授業も始まったばかりで、何もかも初めてづくしの今は授業がある教室を間違わないだけで精一杯。サークル活動はもとより、大学生活を楽しむ以前の日々が続いている。

笑いさざめきながら通りすぎていく学生たちに、潤はつい羨望《せんぼう》の眼差しを送ってしまう。周りの皆はどうしてあんなスムーズに大学生活を送れているのか。

毎日がめまぐるしくて、自分のペースがまったく摑めない潤はこの頃少し焦っていた。

さまざまな人間が集まるキャンパスライフに慣れないというのもあるが、潤が今差し迫って困っているのは勉強に対してだ。脱線に次ぐ脱線でひとコマ分を使い切ってしまう授業やユニークな例題を交えて笑いが絶えない授業などを立て続けに受けると、勉強に対する自分の姿勢を変える必要性を強く感じた。学生を飽きさせないようにと先生たちも工夫しているのだろうが、今までつめ込み式の授業ばかり受けていた潤にとって、幅がありすぎる教え方にはなかなかついて行けない。

言ってみれば、自分には少し刺激が強すぎる気がする。

早く慣れなければと思うが、焦れば焦るほどうまくいかない。先日などは先生の発言を全部ノートに記していたら、結局何が言いたかったのかまったく摑めないものになってしまった。

その時はさすがに落ち込み、らしくもなく泰生に弱音を吐いたくらいだ。

もしかして、おとといの泡の風呂はそんな潤を慰めるためだったのかもしれない。おまえは真面目だからな、と泰生は苦笑して潤の頭を撫で、その時はそれ以上のフォローはなかったけれど。

「大山くんはもう空手はしないの？　健康診断のときも上級生に囲まれていたよね。教室まで勧誘の人が押しかけてきた…のは、あれは他の部の人だったか」

「空手はもうやらないんだ」

あっさりと言い切った大山は、ポケットに手を突っ込んで歩いている。肩で風を切って歩くとはこんな歩き方ではないだろうかと、隣の大山を見て思った。威張っているわけではないけれど、すごく硬派でかっこいい歩き方だ。

自分もマネしたら硬派な感じになるだろうか……。

「どうして？」

「空手はもう出来ないんだ、高三のとき膝を痛めたから」

「え…あの、ごめん」

大山に言いたくないことを言わせてしまったのに気付いて、潤は慌てて謝った。

高校のときに空手部の部長まで務め上げた人が大学で空手部に入らないなど、何かわけがあってしかるべきなのに。

申し訳なさに唇を噛む潤に、大山は意外にも吹っ切れたような眼差しを送ってきた。

「別にもう何とも思ってないから気にするな。それに、大学に入ったら他にやりたいこともあったし。家があんま余裕ないからバイトもしたいし、今まで受験で構ってやれなかったぶん弟や妹のしたいことに付き合う約束もあるから」

母子家庭の大山はけっこう苦労人らしく、年の離れた弟妹をずいぶん可愛がっている。

「そっか。バイトって確かカフェレストランだった？」

「あぁ、洒落《しゃれ》た食事処と言ったところだ。まかない食べさせてもらってるけど、かなり美味いぜ。今度橋本《はしもと》も食べに来いよ。自然食レストランってヤツだ。月一でメインメニューが変わるんだが、必ずスタッフにも試食させてくれて――」

楽しそうに語る大山を潤は少し羨ましげに見上げた。

さっぱりした性格の大山は、始まったばかりの大学でもすでに友人が出来ていた。旧知の友人を通じてさらに友人が増えていくという図式らしい。大学生活にもすっかり慣れ、アルバイトにも精を出すバイタリティには潤も感服する。そんな大山だから、潤の面倒まで見られるのだろう。まごつく潤がどうにか大学生活を送れているのは大山のフォローがあってこそだった。

「ギャルソンって呼ばれる柄《がら》じゃないけど、店の決まりらしいから仕方ない」

まだまだ授業にさえついていけない潤だが、大山のバイト話は興味深かった。大学生活と言えばアルバイトだ。今はまだムリだが、余裕が出来たらやってみたいことのひとつだ。

「――来週は休みが続くから、変則的に昼間もシフトを入れてもらったんだ」

「あぁ、そっか。もうゴールデンウィークだったね。大学があんなに長く休みになるとは思わなかった、平日も休みにしてしまうなんて。おれは何をして潰そうかな……」

ゴールデンウィークもがっつりバイト三昧《ざんまい》だという大山を見ながら、潤はため息をつく。混乱をきたしている勉強のブラッシュアップに費やすつもりだけれど、充実している大山に比べて勉強だけというのも何だか味気ないと思う。

「何だ、あいつは？　恋人のあの男は休みじゃないのか？」

「う…うん、泰生はゴールデンウィーク前半は上海で仕事が入ってて、日本にいないんだ」

大山には潤の恋人が男だと知られているばかりか、実際に泰生とも数度顔を合わせてもいる。最初、男同士で恋愛が成り立つことさえ知らなかった大山は潤と泰生の関係に難色を示したけれど、潤たちの真摯《しんし》な思いに触れて最後には理解してくれた。今ではこうして何でもないことのように恋人の泰生のことを訊ねてくる。

「ま、海外にゴールデンウィークはないからな。あいかわらず忙しくてけっこうだ」

ただ、初対面のときに泰生からずいぶんいじられたせいで、大山が泰生のことを話すときは少し皮肉な物言いになってしまう。

「あぁ、そうだ。今日の食事会、駅前で待ち合わせようぜ」

その言葉に頷いてから、潤は友人と別れた。

「悪い、ちょっとトラブルがあって」

　待ち合わせに十五分遅れで駆けつけてきた大山と一緒に、潤は食事会の場所になっている居酒屋へと急いだ。

「何かあった？」

「あぁ、弟が熱出してな。もともと扁桃腺《へんとうせん》が弱いから熱が出やすいんだけど」

「だったら今日は来なくてもよかったんじゃないかな」

　聞くと、看護師をしている母親が今日はたまたま休みで弟に付いているから問題ないとのことだ。ただ大山の顔色があまりよくないのは、弟が手術をすることが決まったかららしい。

「喉《のど》の手術？」

　何だか痛そうと、潤は自らの喉に手を当てる。

「ちょうどゴールデンウィークが近いから、その時に手術すれば学校も休まなくてすむってことで決まったんだ。手術と言っても、そんな深刻なものじゃないし」

　弟思いの大山だ。そう言いながらも、心配はひとしおだろう。

「悪い、食事前に変なことを聞かせたな」

　こわばった顔の潤に気付いて、大山は苦笑して気にするなと口にする。ちょうど居酒屋にも到着したため、話を切り上げて扉に手をかけた。

居酒屋という形態の店に入ったのは潤は初めてだった。雑多な雰囲気の店内はちょっと落ち着かない感じだ。カフェバーのようにもっと大人っぽい店へ行ったこともあるけれど、今いる居酒屋の方が父たちの年齢に近いビジネスマンが多いせいか、大人の店の印象を覚える。

いつもは保護者として泰生が一緒だが、今は潤ひとりで店を訪れているからそう感じるのかもしれない。

店員に一番奥の座敷へ案内されながら潤はそんなことを考えた。

脱いだクツは下駄箱に？　カギはポケットに入れとけばいいのかな。何だかなくしそうだ。

何もかも初めての体験に密かに潤はドキドキしっぱなしだ。

「大山じゃないか。こっち空いてるぞ、来いよ」

ふすまを開けると、たくさんの視線が向けられて潤は凍りついてしまう。そのせいで出遅れ、座敷の奥へと引っ張っていかれる大山についていけなかった。どうやら食事会にピアサポーターとして参加している世話役の上級生が大山の知り合いだったらしい。

連れて行かれながら大山が振り返って潤も呼んでくれたが、奥のテーブルにはもう空いたスペースはなさそうで遠慮した。入り口近くで潤は体を縮めるように座り込む。

ウーロン茶で乾杯して食事会は始まったが、文系の学科のせいか女性の比率が多くて潤のテーブルも女の子ばかりだ。皆顔見知りなのか、女の子同士でずっと固まって話していた。そうでなくても潤が初対面の相手に話しかけられるわけがない。

場の雰囲気が変わったのは、ノリのいい男二人組がテーブルに乱入してきてからだ。

「皆、何飲んでんの？　もう大学生なんだから、このくらい飲んでも大丈夫だって。美味しいよ？」

男たちが指さすメニューはアルコールドリンクのようで、潤は思わず息をつめて見つめる。女の子たちは肘《ひじ》を突《つ》き合いながらも勧められるままに注文したようだ。

「えっと、あんたもどうだ？　男なんだからビールぐらい行っとけよ」

「いや、いいよ。おれはアルコールは……」

突然潤にも声をかけられて、慌てて首を振った。が、男のひとりがなれなれしく潤の肩に手を回すと耳打ちしてくる。

「ノリが悪いな。こういう時はおれたちに合わせとけって。ビールでいいな？　ピッチャーで持ってきてもらうから適当に飲めばいいだろ。ひとりくらいあんたにも女の子回すし」

どうも同じテーブルの女の子が目当てのようで、そんな男のセリフに潤は瞠目《どうもく》した。

何か、本当にとんでもない雰囲気だ。泰生が心配していたのはこんなノリなのかもしれない。

目の前で始まったついていけない展開に、潤はただただウーロン茶を飲み続けるばかりだ。

「あの、注ごうか？」

あまり美味しくないサラダに手を伸ばしたとき、向かいに座っていた女の子に声をかけられた。ショートカットが小さな顔によく似合う女の子だ。

先ほどピッチャーが届いてもビールを注がれるのを断ったため、潤の目の前に置いてあるグラスは空だった。それを見て、気を利かして言ってくれたのだろう。

「ありがとう。でも、アルコールはダメだから」

「あ、そうだよね」

潤の答えにわずかに女の子が引いたのがわかった。彼女はカクテル系ドリンクを飲んでいるせいだろう。気まずくて、潤は必死にフォローしようとするけれど。

「そのっ。飲んだらダメというか、ダメだと止められていて」

「ドクターストップ？　その年でおかしい。オヤジじゃないんだから」

女の子が笑ってくれて、潤はほんの少しホッとした。

「私、井上《いのうえ》と言います。井上加奈子《かなこ》。橋本くん、でしょ？」

「どうして名前――？」

「橋本くん、けっこう目立ってるよ。大山くんといつも一緒にいるし。二人にチェック入れてる子、わりと多いんだよ」

ぎょっとすると、井上は面白そうにツヤのある唇を引き上げた。

「ハーフ、だよね？　橋本くんってきれいだって話してたんだ、浮世離れしてるというか。お人形さんみたいだよね。日本語話せるかなって皆で牽制《けんせい》し合ってたんだよ」

「日本語しか話せないよ。英語は勉強したからちょっとだけ」

日本人の中ではどうしても浮き立ってしまう自分の容姿に、潤は俯《うつむ》きたくなる。

もしかして、さっきからテーブルの女の子たちが潤を遠巻きにしていたのは日本語が話せるかどうか様子を窺《うかが》っていたんだろうか。

「そっか。ねぇ、橋本くんってオシャレだよね。橋本くんが着ている服、ブランドのいいものでしょ？　それもすごくかっこよく着こなしてて、普通一年の男子なんて皆同じような格好しているのに、橋本くんだけ違うというか」

女の子って、そんなところも見てるのか。

思ってもみないところを指摘されて潤は驚いた。

ほめられた潤の服は、ほとんど泰生が買ってくれたものだからちょっとだけ複雑な気分だ。

泰生がショップで買ってきてくれたり撮影で気に入ったものを買い取ってくれたりとさまざまだが、さすが泰生が選んだものだけにどれもセンスがいい。センスがいいだけに、ファッションセンスに自信がない潤は逆に袖《そで》を通すことにためらいを覚えてしまう。

「ありがとう……」

井上の話では今のところ合格ラインの着こなしは出来ているようだ。

「何々、なんの話？」

他のテーブルでも酒が入っているのか座敷は一段と賑《にぎ》やかになっている。そんな中、潤たちのテーブルに居座り騒いでいた男のひとりが会話に加わってきた。

「井上さんって可愛いよね。アイドルのあの子に似てるよ、ほらあの――」

どうやら、彼は井上が目当てだったらしい。先ほどから視線が飛んでくるなと思ったわけだ。

ほめられて頬を赤くした井上ははしゃいだように男に説明を始める。

「橋本くん、オシャレだねって話してたんだ。独特の雰囲気があって今までちょっと話しかけづらかったんだけど、明日からよろしくね。あ、今日からだ」

井上が笑いかけてくるのを見て、潤は少し感動していた。

普通の女の子だ。

今まで、自分の周囲にいた女の子は少し変わった系統が多く、どうしても潤はなじめなかった。女王さまな姉は別として、気が強かったり圧《お》しが強かったりと、苦手なタイプばかり。

井上こそがごく一般的な女の子なのだろう。こういう女の子だと、潤もしゃべりやすい。

「何だよ、井上さんってこいつ――…橋本？　橋本みたいな男が好みなの？」

「違うよっ。そんなんじゃなくて、お人形さんみたいにきれいだなって話してただけで」

「あぁ、確かに女みたいな顔してるよな。地味って言うか、なよなよしてて。本当に男か？」

男の声に悪意を感じ取って潤は顔がこわばる。

「服だって、大学デビューで必死に頑張っちゃってるんだぜ。そういう行動って、見てるこっちが恥ずかしいよ」

「大学デビュー？」

どういう意味だろうと聞き返すと、男は大げさに身を引いた。

「うっわ、本人自覚ないのか。痛いよ、おまえ」

「ちょっと、やめなよ」

嘲《あざけ》るような男の歪んだ顔に、心がけば立つ。悪態をつく男に井上が困った顔で取りなすが、それによってさらに男の言動はエスカレートしてしまった。

「酒も飲めないヤツが、なに女に庇《かば》われて平気な顔してんだよ。大学デビューするんなら酒ぐらい飲めないと情けないぜ」

「その…君だって、本当は飲める年じゃないよね？」

「うっわ、真面目くんだ。もしかして高校までイインチョーとかやってた？」

完全に絡み始めた男に、潤は眉を寄せた。しかしそんな潤の冷静さが気に障《さわ》ったのか、気色《けしき》ばんだ男は舌打ちしたあとテーブルに向かって声を張った。

「おーい、皆。これから橋本くんが一気しまーす。手拍子よろしく頼むぜ」

ピッチャーを持ち上げて派手にこぼしながらグラスにビールを注いだ男は、皆の注目を集めて潤を追いつめてくる。

「ちょっと、やめなよ。橋本くん、アルコールはダメだって言ってるんだから」

「大丈夫、大丈夫。大学生になったら一度くらい酒でぶっ倒れるのが通例なんだって。いいか、真面目くんは、さっさと橋本。間違っても盛り下げんなよ？」

「ちょっと待って。おれは飲まないって」

「黙れよ、ちょっと女の子にもてるからって何つけ上がってんだ？　真面目くんは、さっさと一気しろよ。潰して大恥かかせてやる」

顔を近付けて男が脅してくる。呼気から強いアルコールの匂いがした。

「おーい、何やってんの？　早くやれよ」

テーブルの端にいたもうひとりの男が野次を飛ばしてくる。「ほら」と突きつけられたビールグラスに、潤は眉を下げた。

こんなふうに騒ぎを起こすつもりなんてなかったのに。

場を取りなすために、飲んでしまった方がいいだろうか。

困惑してグラスに視線を移したとき。

「飲みたくないヤツに無理やり飲ませてんじゃねぇよ」

目の前にあったグラスが背後から伸びた手に取り上げられた。

「何すんだっ」

男はいきり立ったが、目の前に立っていたのは大山だ。

「おまえが飲む飲まないはどうでもいいが、飲まないと言ってる人間に強要するのはちょっと違うだろ。酒にのまれて正気を失ってんじゃねぇよ」

体格のいい大山に凄《すご》まれて、男は一瞬で酔いがさめたみたいに顔を青ざめさせている。

「盛り上がりたい人間だけで盛り上がってろ」

顎《あご》でいなすと、男は逃げるようにテーブルを立った。ちょっとした危機が去って、潤はようやく肩から力が抜ける。

「ごめん、大山くん。ありがとう」

うまく男をかわせなくて反省した。男を怒らせてしまったことにもちょっとへこむ。

目立ってはいけないと顔を上げることさえ禁じられるような環境で育ってきた潤は、真面目すぎる性格も相まって小さい頃から人とうまくコミュニケーションが取れなかった。泰生と付き合うようになってずいぶんまともになったはずなのに、今みたいに普通に話していたのに怒らせてしまったりすると、もしかしてあまり昔と変わってないのかなと思ってしまう。

「いや、おれこそ悪い。何か橋本が絡まれてんなって思ったけど、すぐに助けにこれなくて」

どうやら座敷の外で電話をしていたらしい。隣に座った大山に、潤はあっと声を上げる。

「もしかして、弟くんに何かあった？」

「そっちじゃない。いや、関係はあるけど。バイトの方だ。あー、まずったな」

店員にウーロン茶を注文して、大山が頭を抱えた。深刻そうな顔に、潤は眉を寄せる。

「バイトって、ギャルソンの？」

「ゴールデンウィークにばっちりバイト入れてたのを忘れてた。弟の入院に付き添いたいから休ませてもらおうと思ったんだが、おれの代わりに入れるバイトがいなくてさ。皆、ゴールデンウィークだから入りたがらないんだ。そもそも、だからおれがぎっちりシフトを入れたんだった」

そういえば、ゴールデンウィークはバイト三昧だと言っていた。

あの時は、まだ弟くんの入院が決まる前だったな……。

「せめて、前半の昼シフトだけでも――」

ふと言葉を途切らせた大山は潤を見つめてくる。

「何……？」

「橋本。おまえ、ゴールデンウィークの前半は暇だって言ってたよな？　あの男が仕事だから自分は何をして休みを潰そうかって」

大山の勢いに、潤はただただ頷いた。

「だったらさ、おれの代わりにバイトに入ってくれないか。ゴールデンウィーク前半だけでいい。どうか、頼む！」

「おれがバイト……」

「ギャルソン――ウエイターの仕事だ。注文を取ったり、料理を運んだり、客が食べた皿を下げたりするんだ。そんなに難しい仕事じゃない。初日からおれも普通にやれたし」

「えっと」

「勝手なことを言ってるのはわかっている。だが、頼めないか」

頭を下げげんばかりの大山に、潤は迷いをすぐさま切り捨てた。

「おれがやれるのなら、ぜひやらせて欲しい」

困っている大山に手を差しのべられるのが嬉しい。いつだって自分は助けられてばかりだった。反対の立場になるときがあれば何をおいても大山の助けになりたいとずっと思っていた。

「マジか!?　橋本、助かるっ。本当サンキュ」

大げさなくらいに感謝されて、何だか非常に照れくさい。

「でも、おれが代わりに入るってこの場で決めて大丈夫かな。まったくの素人なんだけど、店側は嫌がったりしない？」

「大丈夫だ、橋本なら。おまえって真面目だし何にでも一生懸命に取り組むから、そういう人間なら店側も歓迎すると思う。橋本が素人ってことはおれから言っておくから」

何だかすごいことを言われた気がする。

胸の中がじわじわと温かくなって、頬もほてってきた。

さっき、座に乱入してきた男にも同じように『真面目』と言われたのに、大山の言い方ではほめ言葉として使われている。

それが不思議な気がした。

「バイトのこと、詳しく聞かせてくれる？」

「あぁ、でもその前にバイト先におまえと代わること連絡してきていいか？　もしちょっとでもダメかもしれないって気持ちがあるなら今言って欲しい」

「ダメって……」

あぁ、でも泰生に言ってからにすればよかったかな。

少し考えたけれど、友人が今困っているのに返事を後回しなんて出来なかった。もしかしたら泰生には最初反対されてしまうかもしれないけれど、ちゃんと話せばわかってくれるはずだ。

思い直して、潤は笑みを浮かべた。

「大丈夫、ダメなんて気持ちはないし言わないよ」

「そうか。助かる」

大山が頭を下げたから、潤は慌てて頭を上げてもらおうと手を伸ばした。

「解散？　もう帰っていいのか？」

「二次会行かないのかよ。カラオケ行くぞ、おまえも来いって」

「ちょっと、大丈夫？　あんたけっこうキテるよ」

食事会と銘打った交流会は無事終了。店を出たところでは、参加していた学生たちがたむろし、同じ時間にお開きとなった他の客やこれから店に入るらしい人たちも混じってすごい喧騒《けんそう》となっている。潤はそんな道路の片隅で携帯電話を開いていた。

「——橋本？　もう帰れるか」

「うん、大山くんは二次会に行かないの？」

「もう十分だろ、交流を深めるのは」

他校の空手部の先輩だったという上級生たちから大山はさかんに二次会に誘われていたが、弟のことがあるからかあっさり断ったらしい。素っ気ないしゃべり方に、すぐ近くにいた女の子たちが驚いたように振り返るのが見えた。

少しつっけんどんな大山の話し方は元々のものだ。言葉を飾ったりせずにストレートにしゃべるせいか女の子たちからは少し敬遠されているようだが、モテないわけではないのは先ほどの井上の話からもわかった。話しかけるのは躊躇《ちゅうちょ》するが、気になる注目株といったところなのだろう。先ほども、潤の隣に大山が座ったとたん井上も話しかけなくなったが、流れてくる女の子たちの視線はあからさまに増えた。

「さっさと帰ろうぜ」

しかし大山は、女の子からのそれとない視線を今もばっさり切り捨てて歩き出そうとする。

「あの、ごめん。泰生がちょうど仕事が終わったから車で拾ってくれるってメールがあって」

「へぇ、お熱いことで」

大山が片方の眉をくいっと上げた。潤は顔を真っ赤にする。

「そうじゃなくて、本当に偶然というかタイミングがいいというか」

「はいはい。時間かかるのか？　この近くまで来るって？」

「うん、どっかのビルのプレオープニングパーティーに参加してて、それがわりとこの近くだったんだ。終わる時間があえば拾ってくれるって言われてたんだけど」

促され、目印となる大通りまで二人で歩き出した。ちょうど駅へ向かう道筋だったからだが、大山は大通りに到着しても駅へ向かうことはなかった。潤と一緒に立ち止まってしまう。

「大山くん？　あの、行っていいよ。おれはひとりで待つから」

「そんなこと出来るかよ。こんなところに橋本をひとりで立たせてたら何が起こるかわからないだろ。酔っ払った人間は恐いぜ？　橋本なんかすぐどっかに連れ込まれるに決まってる」

自分の周りにいる人はどうしてこんなに心配性なのだろう。

そりゃ確かに飲み屋街には近いけど、人通りも多いし危ないことなんかないと思うけど……。

きょろきょろと周囲を見て、潤は眉を下げる。

「大丈夫だよ。それより、大山くんは早く家に帰った方がいいのに」

「近くまで来てるんだろ？　だったらたいして待たないだろ。おまえがどうなったかって心配するより、最後まで見届けた方が楽だ」

「あ、じゃ、大山くんも一緒に乗っていく？」

「冗談だろ」

とたん嫌な虫を見つけたように顔を歪めた大山に、潤はもう一度眉を下げた。

そこまで泰生のことを嫌わなくても……。

大山はそんな潤に気付かないのか、心底嫌そうに首をすくめている。

「心臓に悪いんだよ。すげぇあからさまに牽制してくるし、ちくちく嫌味言われるしで。友人にまでいちいち睨みきかせるなって——」

「大山っ。見つけたぞ、さっさと帰りやがって」

背後から叫ばれて振り返れば、上級生たち一行が追いついてきていた。

「あー、うるさいのが来た」

「聞こえてるぞ、うるさいのって何だ。先輩に向かってあいかわらず容赦ないな」

あっという間に集団に囲まれてしまった。潤たちのテーブルに乱入してきた男二人組や同じテーブルで話していた井上たちも混ざっている。

「さあ、大山。二次会に行くぞ。友だちと一緒なら大山も行くだろ」

大山を連れて行くための人質のように上級生に腕を掴まれてしまい、潤は困ったなと車が行き交う道路を見回した。と、そのタイミングで携帯電話が震えて安堵する。

「泰生——？」

『なに触られてんだよ。さっさと振り払って来い』

不機嫌そうな声とその内容に泰生がすぐ近くにいることが察せられ、慌てて左右を確認した。

『違う、反対車線だ』

視線を投げると、二車線の反対道路に黒ぬりの大型ハイヤーが止まっていた。後部座席で泰生が窓越しにこちらを見ているのを発見する。

「ぅわっ」

潤は慌てて上級生の腕を振り払い、後ずさった。

「あの、大山くん。おれ、もう行くから」

「そうだったな。おれも行く。じゃ、先輩たちお先に」

これさいわいと大山が上級生たちを振り払い、潤を急《せ》かすように横断歩道を駆け足で渡らせた。ホッとしたが、大山は少し困った顔をしている。

「大山くん？」

「まずいな。このままおまえがあの車に乗るとヤバイ気がする。面割れてるぜ、きっと」

促されて振り返ると、さっき潤がいた場所にはまだ同級生たちがたむろしていた。

「どうしたんだろ」

「……ま、いい。おれがフォローするか」

わけがわからず首を傾げる潤に大山は肩をすくめて車に近付き、自らドアを開けた。車内に首を突っ込むと、あれほど嫌がっていたはずの泰生と話し始める。

「悪いけど、おれも橋本と一緒に乗っていいか？　そこの駅まででいいんで」

「駅までなら歩けばいいだろ」

泰生はけんもほろろな答えだが、大山は怯まない。

「このままだと橋本は大学で孤立するか、注目されすぎて居づらくなっちまうぞ」

大山が顎でしゃくる先は、反対車線の歩道にいる同級生たちだ。ちらりと泰生がそちらを見て、眉間にシワを寄せる。

「あんたの有名税をこいつにも支払わせるつもりかよ。そりゃある程度は仕方ないにしても、橋本ひとりの肩に背負わせるのはあまりに酷《こく》だろ。未だにこいつは何が何だかわかってもないんだぜ」

「——あとはおまえがフォローするってか？」

後部座席で足を組み直して大山を見上げる泰生は、パーティー用の洒落たスーツを着ていた。顔に影を落とす長めの黒髪が一層色っぽい。品がいいのにただの御曹司に見えないのは、その目に浮かぶ険呑《けんのん》な光のせいだろう。モデルとしての『タイセイ』ではない、ひとクセある本来の泰生の顔に、潤はこんな時なのにしばし目を奪われた。

「フォローしてやってもいいぜ」

大山がやけに尊大に構える。それに、泰生は面白くなさそうに舌打ちした。

「乗れ」

顎をしゃくった泰生に、どうやら決着はついたようだ。

それにしても、二人は何を話していたんだろう。

泰生の横に乗り込みながら、二人だけで交わされた秘密の会話がとても気になった。

「あの、一体何の話？」

「大山が親切丁寧に潤のフォローをしてくれるって話だ」

何のことかと潤に続けて後部座席に乗り込んだ大山を振り返るが、

「わかってたことだけど……。今まで苦労したんだろうな、橋本は」

友人からは同情に満ちた眼差しを向けられてしまった。

「潤、もっと奥に来い。ったく、大山みたいに態度も図体もでかい男が乗り込むほど広くはないんだぜ」

親切そうに潤を抱き込んで大山のためのスペースを作る泰生だが、その口から飛び出すのは痛烈な皮肉だ。ムッとした顔で大山がドアを閉めると、車は音もなく動き始めた。

「それがフォローを頼む態度かよ」

「べつに頼んでないぜ、おれは」

「ふざけんなよ、矢面《やおもて》に立たされるのはこいつだぜ？　あんたはいいよ、いかにも心臓が強そうだし何があっても動じないだろ。でも橋本は真面目だし、大人しそうな見た目から無茶を言うヤツが絶対出てくる。今までだってそうだったんだ。面倒を振りまくあんたがそんなんじゃ、橋本があまりに可哀想じゃないか」

「他人がこいつを泣かせるようなことがあれば報復も辞さないけど、多少の面倒は潤に頑張ってもらうしかないいな」

「――何さまだよ。あんた」

「おれさまだな」

飄々《ひょうひょう》とした泰生が口を開くごとに大山の眉が引き上がっていく。怒りでか、膝の上の拳がぶるぶる震えていた。今にも爆発しそうな感じだ。

はらはらと二人を見守っていると、泰生が話が通じないとばかりに短くため息をついた。

「あのな、何もかもから守られなければいけないほどこいつは弱くはないんだよ。おまえが思っているより潤は骨太だぜ？」

「は……」

「大学ぐらいの狭い世界での孤立や注目でダメになるような人間じゃない。真面目だしちょっとしたことでウジウジ考え込むから波瀾のひとつやふたつはあるだろうけどな。でも、今までもこいつはやってきたんだ、それこそ生まれたときから。過酷な環境でも腐らず曲がらず真っ白のままここまで来れたんだから、これからもやっていけるだろ。何より、今はおれもいる」

「あんた……」

「それに、この問題はどうでも潤に乗り越えてもらいたいんだよ。おれの隣にいるために」

そこまで一気に言うと、泰生は潤を見下ろしてくる。「やれるよな」と。

泰生と大山が結局のところ何のことで言い争っているのかはわからない。それでも、泰生が自分を信じてくれているのは伝わって嬉しかった。大山が心配してくれるのも胸が温かくなる。

「うん、おれは大丈夫」

そう潤が言うと、大山は瞠目した。

「ありがとう。色々と心配してくれたんだよね？　でも、泰生と一緒にいるっておれは決めたんだ。そのためなら何だってやるって。だからこの先何があろうとおれは頑張れると思うんだ」

言葉を重ねるごとに大山の顔がしかめられていく。しかし、その諦めに似た表情は温かみもあった。潤が言い終わったとき、肩に回った泰生の手がよしよしと言うようにぐっと力が入った。同時に、それまで飄然《ひょうぜん》と話していた泰生が、潤の肩越しに初めて大山へ視線を流す。

「でも、まぁ普段おれは潤の傍にいられないし大学の中にも入れないから、おまえの存在はけっこうありがたいと思ってるぜ？」

「っ……。何だよ、あんたも橋本もっ。信じらんないぜ」

泰生の言葉に大山はうなり声を上げ、あからさまに顔を背ける。頭を抱えるような腕の隙間から見える大山の顔が、気のせいか赤く染まっていた。

「大山くん？　あの……大丈夫？」

「何ひとりで悶々やってんだ、さっさと下りろよ。とっくに駅に着いてるぜ？」

いつから停まっていたのだろう。車はすでに駅に到着してロータリーに横付けされていた。

泰生の声に振り返った大山の顔はやけに恨めしげだ。

「わかった、大学での橋本の面倒はおれが見る。だが、それはあんたに言われたからじゃない、おれが橋本を不憫《ふびん》に思うからだ。そこのところ忘れるなよ」

「はいはい」

尖った大山の声に泰生がニヤニヤと笑って応えた。そんな泰生の態度さえ大山は気に入らないらしく、舌打ちしてさっさと降車した。

「じゃな、橋本。また月曜に。あぁ、バイトの件、サンキュな」

そう言い置いて、あっという間に駅に消えていく。

「泰生。今の話って結局何だったんですか？」

「おまえの学校のヤツらに、おれが見られたからだろ」

泰生がいる車に潤が乗り込んだせいで関係が騒がれることを懸念《けねん》したらしい、と。

そこまで言われて、ようやく二人が話していた内容が理解出来る。大山にずいぶん心配させてしまったことも改めて申し訳なく思った。

「あいつの性分だろうから、潤が気にする必要はねぇだろ」

潤がそれを言うと、泰生は鼻を鳴らしたが。

「それより、バイトの件って何だよ」

泰生に指摘され、潤はそうだと思い出して姿勢を正した。

「あの――」

先ほど大山から頼まれたバイトの話をすると、案の定泰生からは顔をしかめられてしまった。

「まだ自分のことさえうまく始末つけられてないくせに、他のヤツの面倒まで引き受けてくるなよ。おまえ、大学から帰ってきてどんだけ疲れた顔してるか自覚してるか？」

「……うん。でも、大山くんが困ってて自分が助けられるなら手を貸してあげたいんです」

潤が熱く言うと、泰生は頭をかきむしる。

「あー、ったく。おれがいないときこそ、そういうのに手を出すのは反則だろ。何かあっても駆けつけられないんだぜ」

ひとしきり悪態をついていたが、最後には諦めたように泰生はため息をついた。「大山にはこれからも世話になるから」と渋々ながらに潤の初めてのアルバイトを許可してくれた。

「ありがと……」

潤がホッとしたのは、泰生こそが自分の保護者であり大切な家族だからだ。

長年潤を虐《しいた》げてきた祖父母たちがいる実家を出て、現在潤は泰生と共に暮らしている。実家と訣別《けつべつ》したとはいえ父や姉とは密に連絡を取り合っており、仲はいい。それでも潤の保護者的立場にいるのが泰生であるのは、潤と泰生はすでに結婚をした仲で、家族だからだ。男同士のため正式なものではなかったが、家族の前で泰生とこれから共に歩むことを誓い合った式は、潤にとって大切で神聖なものだった。ついひと月ほど前の出来事である。

それゆえに、自分が何かするときは泰生に報告するようにしていた。何より、先ほど大山にはああ言ったけれど泰生こそがすごい過保護なのだ。掌中《しょうちゅう》の珠のように潤を大事にしてくれる泰生に心配をかけないよう、行動を起こす前に出来るだけ口にするようにしていた。

「ところで。おまえ、そのバイトの最終日が自分の誕生日に当たってることはすっかり忘れてるだろ。しかもおれが帰国する日だってことさえ」

おもむろに切り出されたそれに、潤はハッと息をのむ。そんな潤を見て、泰生が面白くなさそうに唇を歪めた。

「ふん。おれの帰国のことはこれっぽっちも思い出さなかったってわけだな」

「あの、その……」

泰生が先ほどから渋い顔をしていたのはそれもあったからか。

そうだった。ゴールデンウィークの中日、自分の誕生日は泰生が上海から帰国する日でもある。そのことを自分は決して忘れてなどいなかったはずなのに。

「ごめん…なさい……」

小さい体をさらに小さくすくめて、潤はうなだれる。

自分の誕生日をずっと楽しみにしていたのに、その誕生日に間に合うように帰って来てくれる泰生をあれほど嬉しく思っていたのに、今言われるまですっかり忘れていた。泰生のことを二の次にしてしまった自らが信じられなかった。自分があまりに薄情でこのまま消え去りたいくらいだ。

けれどそんな潤に、泰生はさらに厳しい質問を投げかけてくる。

「思い出していたら、断っていたか？」

小さく震え出した唇に潤はきつく歯を立てていた。

大山に頼まれたとき泰生の帰国の件を思い出しても、自分はきっとアルバイトを引き受けただろうと悟ったからだ。泰生が大切であるのは自分の中では揺るぎないことなのに。

イエスと言えない自分に潤が顔を上げられずにいると、隣から長いため息が聞こえてきた。

「これから先、こういうのがもっと増えるかと思うとやってられないぜ」

続けて、やけにしみじみとした独りごとが泰生の口からもれる。思わず顔を上げた潤に、目の前の恋人は小さく舌打ちした。

「んな顔をすんじゃねぇよ。おれがいじめたみたいじゃないか」

「泰生……」

「わかってるって。こういう時、潤が大山をほっとけないってことは。そんなおまえだから気に入ってるし、愛しいと思う。だが、わかっていてもムカつくんだよ。気持ちが納得出来ない。ちょっと前まではおれだけを見ていろと言うだけでよかったのに」

矛盾している泰生のセリフに、潤は目を瞬かせる。

「そんな顔をしてると、まだ中学生みたいだけどな」

「中学生って……」

あんまりな言葉に思わず眉が下がった。

「でも、もう大学生なんだよな。付き合いも増えるし社会に関わるようになるとさらにおまえの気持ちだけではどうにもならないことが出てくる。あー、子供に親離れされた親の気持ちってこんなんか。オトーサマの気持ちがほんのちょっとわかったぜ」

「オトーサマって……」

泰生が口にする『オトーサマ』とは潤の父親のことだろう。親離れとか父の気持ちとか、いったい泰生は何のことを言っているのか。

「潤が大人になるってすげぇ嫌なことだらけじゃね？」

「おれは、もう大人ですけど」

神妙な顔で呟いた情けない潤の声に、泰生がたまらないように吹き出した。笑いに体を揺らしながら、潤を懐に抱きしめてくる。

「わっ、ちょっ…泰生っ」

「その可愛い顔に免じて、帰国の日を忘れていた件はチャラにしてやる。とりあえず今回だけだ。次に何かあっても許してやれるかわからないからな」

泰生から許しが出ても自分を許せずにいる潤だが、背中を撫でてくれる大きな手はひどく優しかった。運転手の存在は気になったが、今は泰生の優しさを感じていたくて、自分の方から泰生にしがみつく。

そんな潤に、耳元で含み笑いがしたかと思うと。

「詫びはベッドの中でもらうから気にすんな。サービス、してくれるだろ？」

熱い息を耳に吹きかけられ、潤は思わず首をすくめた。苦笑いしながらも、目の辺りがじんわり熱くなって困った。

恋人を後回しにしてしまった罪悪感に囚われている潤を救ってくれようというのだろう。いかにも泰生らしい方法だが、そこには泰生の優しさと思いやりを感じる。

「新しいプレイに挑戦してみるか？　嫌々言いながらも、おまえ最後にはいつもノリノリになるから、いじりがいがあるよな」

――――はずだ。

大学では実際かなりの騒動となった。

泰生と知り合いかとつめ寄られ、関係をしつこく問いただされ、あげくの果てには紹介してと迫られる始末。あの時現場にいなかった人さえも噂を聞きつけたのか押しかけてきた。

泰生の人気の高さは潤もよく知っていたつもりだけれど、改めてそのすごさを思い知った感じだ。日本ではほとんど活動していないが、一時期外国車メーカーのテレビコマーシャルに出演していたし、今年はハイメゾンの広告塔に抜擢《ばってき》されており、街のあちこちに泰生の大きなポスターが飾られているせいで知名度が一気に上がったのだろう。

また、若い年代のために芸能人が珍しいというやじうま根性の人間も多い気がした。

「橋本のアネキが知り合いなんだ。だから橋本もおれもちょっと親しくさせてもらってるだけ。おい、いい加減にどけよ。次の授業に行けないだろ」

潤ひとりでは大いに混乱したであろう騒動だが、大山がフォローに回ってくれて助かった。

多少の事実を織り交ぜて煙に巻けと、大山と事前に打ち合わせした通り、潤の姉と泰生が親しいという筋書きを作り上げて対応した。潤の姉が、日本で活躍するカリスマモデルであることが知られるとまた違った騒動が起きてしまうから、そこは伏せてだ。

潤自身、泰生と付き合っていることを隠したりごまかしたりするのは悩んだが、一般的な社会において男同士の恋愛は受け入れがたいもので、今後の大学生活を円滑《えんかつ》に送るためにはオープンにしすぎない方がいいと大山から説得を受けた。そのことは、先日のハイヤーのなかで泰生からもアドバイスされていた。何もかもバカ正直になりすぎるな、と。それは狡《ずる》いとか間違っているとかじゃなくて柔軟な対応と呼ぶんだ、とも。

潤としては、自分と付き合っているのが公になることで泰生に不利益が生じるかもしれないという大山の指摘に大いに心を動かされたのだけど。

「すみません、これは返します。こういうのは渡せないから」

大山がいないときを見計らって大人しい潤に強引な態度を取ってくる人間もいた。

潤を籠絡《ろうらく》して泰生に渡りを付けようとむりやり携帯ナンバーを聞き出そうとする名前も知らない同級生をはじめ、飲み会や遊びの約束を取りつけて潤を取り込もうとする見ず知らずの先輩、名前や電話番号が記された名刺を泰生に渡してとむりやり押しつけてくる女性などだが、それにも潤はひとつひとつ断りの対応をして回った。

ただでさえ名声に誘われて泰生に近寄ってくる人間は多く、そのせいで最近の泰生は人嫌いの気さえある。自分が原因となる迷惑は絶対避けたいと、気弱な潤としてはかなり頑張った。

そのおかげか、気がつけばいつしか騒動も下火になっていった。今週から始まるゴールデンウィークが明けた頃にはずいぶん静かになることだろう。

それでも、慣れない大学生活の上に思いもかけない騒動に巻き込まれてしまい、潤は青息吐息でゴールデンウィークを迎えることになった。

初めてのアルバイト先は駅からちょっと離れた場所にある自然食レストラン『然《ねん》』だ。大山曰く『洒落た食事処』だそうだが、なるほど昨今の自然食ブームにのっとった季節の食材を使って、きちんと食事が出来る和洋折衷《せっちゅう》のメニューが揃っている。

シックにまとめられた店内だが、昼間は大きい窓から日の光が差し込んでとても明るい雰囲気だ。半オープンとなっている厨房《ちゅうぼう》前のカウンター席やテーブルがすごくお洒落で、泰生が見たら目を輝かせそうなデザインだった。

「い…いらっしゃいませ」

白シャツに黒いズボン、短めの黒のタブリエを巻いた潤は何度目かの挨拶を口に乗せていた。

「うーん、やっぱりちょっと声が小さいな。『いらっしゃいませ』という挨拶は客を迎えるものだけどさ、厨房に客が来たと知らせる合図でもあるんだよ。厨房にまで聞こえる大きさじゃないと意味がないでしょ」

バイト先で潤の指導に当たってくれたのは、二年上の大学生である宇田川《うたがわ》だ。高めの背に茶髪をやけに前へ流している髪型はテレビに出てくる芸能人のようだが、仕事は出来るようで潤の指導にもなかなか熱が入っている。

「んふふ、君のおとなしめな口調は個人的にはものすごく好みなんだけど」

ハンサムだが、口調が軽いのが玉にきずだ。

「じゃ、もう一回ね」

「いらっしゃいませっ」

「あーダメダメ。そんな必死さが出ちゃ。もっとなめらかに……そうだな、好きな人をこっちに振り向かせたいって感じで、もう一度言ってごらんよ」

片手を潤に伸ばしてカモンと指をひらめかせる宇田川のそれは、テレビの中でしか見ないしぐさだ。それがチャラチャラとした宇田川の雰囲気にとても似合っていると思ったことは、失礼にあたるだろうか。

内心眉を下げながら、それでも従順に口を開いた。

「いらっしゃいませ……」

大山の代わりに潤がバイトをするのは、今日から五日間だけ。十一時から十六時半までのランチカフェの時間帯だった。店は夕方からはアルコールも出していたが、昼間の時間帯は食事をメインに提供。カフェのケーキも人気だという。

潤の仕事はウエイターだ。店ではギャルソンと呼ばれるのが少し恥ずかしい。

初心者の潤はまず客を迎える挨拶から始めたのだが、これがうまくいかなかった。

今まで意識して声を出したことがないせいか、思ったように声が出ない。しかも元来ひどい引っ込み思案の潤にとって、見知らぬ人間に自分から声をかけるのはとても勇気がいった。そもそも接客業という職種そのものが自分に合っていなかったことを店に立つまで忘れていた。

思わぬところからつまずいてしまった潤だが、困難はまだまだあった。仕事自体は難しいものではないのだろう。以前大山が言っていた通り、注文を取って料理を運んで食事が済んだ皿を下げるだけだ。難しいキャッシャーが潤に任されることもない。しかし、ご飯ものなどを複数トレーに乗せて運ぶのはなかなか力がいったし、ドリンクをこぼさずに運ぶのも案外難しい。コーヒーを運ぶ潤の慎重すぎる足取りには、テーブルの客からも笑いが起こったくらいだ。

しかし、それでも時間はすぎるし客は訪れる。

仕事に慣れる間もなく突入したランチタイムはまるで戦争のようだった。ゴールデンウィーク初日の今日は天気もよく街には人があふれていたが、そのすべてがレストランに流れてきたような大勢の人が押し寄せ、店の前には長い行列が出来たほどだ。

運ぶ足取りがどうとか重いトレーを取り落としそうだとか、言っていられなくなった。

潤を含めた全スタッフが昼休憩を取る間もなく夕方のオーダーストップを迎えることとなり、カフェタイム最後の客を送り出したときは皆一様に疲れた顔になっていた。もちろん、初めてのアルバイトからそんなハードな展開を迎えてしまった潤は、ずっと立ちっぱなしだったこともあり、終わったあと更衣室の椅子からなかなか立ち上がれなかった。

「こら、潤？　潤、起きろ」

軽く頬を叩かれた気がして、潤はふっと目を覚ました。ぼんやりとした視界には、眉をつり上げた泰生の顔がある。

「はい、いらっしゃいませ……」

思わず条件反射のように口をついて出たのは、今日一日ずっと言い続けていた言葉だ。

泰生の顔が何とも言えない表情に変わるのを横目に首を巡らし、潤は自分がバスルームの脱衣スペースに座り込んでいることに気付く。が、どうしてこんなところで寝ていたのか自分でもまったくわからなかった。

「ったく、倒れてるのかと思ったぜ。焦らすな」

潤の前に膝をつく泰生の声がわずかにきついのは心配してくれたのだろう。

申し訳ないと思いながらも、眠気が強くて潤はぼんやり見上げるだけだ。そんな潤にダメだとばかりに泰生が目の前で肩をすくめた。

「おおかた風呂に入ろうとして湯がたまるのを待っているうちに眠っちまったんだろ。いや、風呂の中で寝なくてよかったけど」

瞬きを繰り返しながら、泰生の話を聞く。まさに泰生の言う通りだった。

お湯がたまるほんの数分も待っていられなかったなんて相当疲れてたんだな……。

「大丈夫か？　バイト初日でこれじゃ明日からが思いやられる。おれは明日にはもういないんだからな？　疲れて、んなとこで寝てても起こしてくれる人間はいないんだぜ？」

「泰生……」

そっか、明日にはまた泰生はいなくなっちゃうんだ……。

そう思うとすごく寂しくなって、潤は目の前の泰生にしがみついていた。

「どうした」

「嫌だ、泰生」

明日から泰生が上海へ行くことは前々から知っていたし今まで何度も海外へ送り出しているのに、寝起きのぼんやりとした頭のせいか、うまく感情がコントロール出来ない。

切なくてぎゅうぎゅうと抱きつく潤に、泰生が駄々っ子を宥めるようにその広い胸で抱きしめてくれた。

「おまえの寝起きの甘えたに勝てるヤツはいるのかね」

ため息混じりの繰り言はひどく愛しげな響きだった。

「おれがいないと寂しいか？」

「……ん、寂しい…です。泰生がこの家にいないと寂しくてたまらなくなる」

「普段からも言えよな、そういうこと。誘導尋問かけないと口を割らないって、どんだけ我慢強いんだよ、おまえ」

抱きしめる腕の力が強くなる。それが嬉しくて、泰生の肩に顔を擦りつけた。

「ネコだよな、マジに……。仕方ね、今日は思いっきり甘やかしてやる」

抱擁《ほうよう》が解けて寂しく思ったのもつかの間、泰生の手によって自分の体から服が次々と剝《は》がされていくのを見守る。自らも裸になった泰生から抱き上げられ、バスタブの中に共に沈んだ。

泰生が気に入っている——潤を後ろから抱きしめる格好だ。潤も、本当は大好きだけれど。

「おまえがフロ準備すると少し温《ぬる》めなんだよな」

泰生は不満そうだが、長く入りたい派の潤は温めの湯温が好きだ。泰生に抱きしめられているためさらに幸せな気分になり、体がフワフワ浮き上がりそうだった。

「バイトはそんなに疲れたか」

「う…ん。ずっと立ちっぱなしだったんです、人が次々に来るから。ギャルソンの仕事があんなに大変だって知らなかった」

湯の中で潤は泰生の手を捕まえ、その手に自分の手を合わせたり指を絡ませたりしてしまうのは、まだ眠気が取れていないためか。

泰生に甘えたくて仕方がない。

「ゴールデンウィークだからな。グラスを割ったり客にコーヒーぶっかけたりしなかったか？」

「しませんでした。でも、食器に関しては何度か危ないってことはありましたけど。あのお店、食器がどれも変わってるんです、いいものを使ってるというか。オーナーが道楽で作家ものの器を集めているらしくて、形が変則的だったりしてきれいに重ねられないものが多いので、お客さまが食べた食器を下げるときは大変なんですよ」

「へぇ。で、メシは美味いのか？」

話を聞いてくれる泰生が嬉しくて、潤は今日一日あったことを子供のように話していた。

「――何だ、そのチャラ男《お》」

「チャラ男って、すごい合ってる……あ、いえっ、とても親切にしてくれた先輩なんです。おれも早く宇田川さんのように両手に料理を持って運べるようになりたいなって」

「さっそくほだされんな。その男、潤を狙ってんじゃね？」

「泰生はすぐそんな風に言うんだから。おれを狙うような人間なんて、そうそういません！」

唇を尖らせる潤に、泰生が生意気だと後ろからかぶかぶと首にかじりついてくる。ひどく痛むわけではないが、肌に跡がつきやすいために今日ばかりは少し慌ててしまった。

「待って、待ってください。跡が残ったらダメなんですっ。制服着て、身だしなみチェックとかあるんですから」

「ツチ。だが、潤のタブリエエプロン姿は一度見たいな、明日写メに撮って送れよ」

「自分の姿は撮れません」

「威張って言うな。鏡に映った姿を撮ればいいだろうが」

「鏡！　そうか。そうやって……」

こういうやりとりを世間ではイチャイチャと言うんだろうか。

明日からの泰生の不在は寂しいけれど、今この幸せな時間を満喫したくて、泰生の広い胸に潤は背中をもたせかけた。


「春野菜のカレー、日替わりプレート入りました」

「オーライ！」

厨房にオーダーを通すと、調理スタッフたちから元気のいい声が返ってくる。

「日替わりプレートはラストワンだ。気を付けて」

チーフシェフの言葉に頷いたとき、隣でその最後の日替わりプレートが注文されていた。

これで日替わりプレートは終わり、と。

潤は心にとめ、今度は出来上がってきた料理をテーブルへと運びに行く。

初日のアルバイトがあまりにすごかったのでこれからやっていけるか少し不安になったが、それ以降は休憩も取れないほど忙しいこともなかった。どうやら初日のあの日は近くのホールでイベントがあったために客が特別に多かったらしい。

今日もランチの時間が終わりに近付いた頃には、忙しさもずいぶん落ち着いてきた。

駅からは少し離れた場所にあるため訪れるのは近くに勤める人や近所の住人など常連客が多

く、休日だというのに店にはどこかのんびりとした雰囲気が漂《ただよ》っている。

「新人さん？　手つきが初々しいね、学生さんかな？」

「はい」

「高校生…じゃないわよね？　大学生か。何を専攻しているの？　学校は楽しい？」

「えっと、あのっ」

そんな常連客の中にはこうして話しかけてくる人もいたが、潤はうまく言葉を返せず困っていた。突発的なことには本当に弱い。そうでなくとも、もともとコミュニケーションスキルは低いし人見知りしてしまう潤としては、初対面の相手に話などとても出来なかった。何より、客を相手に今は店員である自分がどんな話をすれば正しいのかがわからない。

「あの、あのっ、仕事がありますので失礼しますっ」

だから真っ赤な顔でそう言い置き、逃げるように潤はテーブルを後にした。背後から常連客のクスクスと笑う声が追いかけてくる。

バイトは大変だが、少し楽しいかもしれない。慣れないことばかりで対応に四苦八苦するけれど、こういう日々が充実しているというのではないだろうか。

アルバイトを始めて三日目。潤はようやくそう思えるようになっていた。

さいわい、潤がシフトに入る昼間はランチとカフェメニューしかなく、覚えることも少ない。暗記力には多少の自信があるため、客の注文や料理を運ぶテーブルを間違えることも今のところなかった。両手に料理を乗せて運ぶなんて器用なマネは出来ないけれど、自分に出来ることはきちんとやり遂《と》げるように気を付けている。

泰生が昨日早朝に上海へと旅立ったせいで寂しくなったけれど、アルバイトのおかげで時間があっという間にすぎていく。いつものように泰生の不在にもの寂しい思いを抱えることは今回少なくてすみそうだ。泰生も同じように仕事を頑張っているかと思うと、自分も無事アルバイトを勤め上げなければと仕事に身が入る感じだった。

ただ、今の潤にはちょっとした問題が生じていて――。

「見てたよ、橋本くん。お客さまに話しかけられたくらいで真っ赤になるなんて可愛いよね」

「わぁっ」

厨房への入り口は備品などが置かれたバックスペースとなっている。潤がそこで上がった息を整えていると、耳のすぐ近くで囁かれて思わず声を上げてしまった。

過剰反応して振り返ると、背後に立っていたのは宇田川だ。今日もばっちりと髪を前へ流し、きざっぽくポーズを決めている宇田川は、先日泰生が口にした『チャラ男』そのままの姿だった。いや、そんなことを考えるのはとても失礼だと潤は慌てて自身を叱《しか》る。

「橋本くんはくすぐったがり屋？　だったら期待出来るなぁ」

「期待って、何ですか」

「んふふ、知ってる？　くすぐったいところは性感帯なんだよ？」

肩が触れ合うほど近くに立っている宇田川は、内緒話をするようにさらに顔を近付けてくる。

「宇田川さん、近いですっ」

潤はそんな宇田川の胸を押しやって、何とか距離を取った。ほんの少し警戒心を持って宇田川を見るのに、当の本人はにこにこと笑顔を浮かべている。

「ごめんね、おれってどうもパーソナルスペースが狭いみたいでね」

そう言われると、もっと離れてとは言えなくなった。邪気のない顔だからなおさらだ。

「ね、ね。考えてくれた？　おれと付き合おうって話。男同士を気にするなんて今どきナンセンスだよ。恋愛する相手が異性だけなんて、誰が決めたわけ？　そういう凝《こ》り固まった考えはもったいないよね。人生の半分を損してるよ」

「いえ、だからおれは……」

「今まで受験一色で大変だったんだから、これからは思う存分大学生活を楽しまなきゃ。一緒に弾けようよ、おれが色んなとこに連れてってあげる。お洒落なレストランや隠れ家みたいなバーも知ってるんだ。今日の帰りに一緒に行こうか」

「待って、待って下さいっ」

体を寄せてくる宇田川を押しとどめ、潤は声を上げた。

「あのっ、昨日も言いましたけどおれには恋人がいますからっ」

一世一代の主張をしたつもりなのに、宇田川はなぜか潤の額《ひたい》を指先で親密そうに突いてくる。

ぎょっと潤が顔をしかめるのもお構いなしだ。

「んふふ。そうやっておれの気を引こうなんて、君は案外小悪魔なのかな。ダメだよ、橋本くんには恋人がいる気配はないいんだから。すれてない君に嘘は似合わないよ」

「嘘って、そんな」

「恋人がいる人間はどっかその影を引きずってるものだよ。ケータイを頻繁《ひんぱん》にチェックしたり、彼女のプリクラをケータイに貼り付けていたり。でも、君はケータイを気にしてる様子はないよね。第一、待ち受けなんて初期設定のままじゃないか」

「何でそれをっ」

「ん、見たから」

宇田川の返事に潤はあ然と彼を見上げた。

そういえば、昨日更衣室で携帯電話を触っていたとき、宇田川が近くにいた気がする。

「恋人がいれば一番に待ち受けを変えるでしょ。だいたいさ、彼女いる人間がゴールデンウィークに寂しくバイトなんかやる？　大山くんの代理だって話だけど、頼まれても友人より恋人を取るよ、普通」

宇田川の妙に説得力のある話にのまれてしまった。いや、事実はまったく違うけれど。

潤が携帯電話をあまりチェックしないのは、恋人の泰生はメールをほとんど入れないからだ。電話もあまり好きではないらしく、定期連絡の電話でさえ用件が終わったらあっさり切る。長期の海外遠征のときに、たまに電話が長引く程度だ。

一般的な恋人にとって携帯電話というツールは大切なものだろうから、潤がそれに当てはまらなかったイコール恋人がいないと宇田川は判断したのだろうが。

しかしそもそもは、泰生の存在自体が規格外なのだ。そんな泰生を普通の人間と同じように置き換えて恋人の行動云々という方が間違っている気がした。

「どうよ、当たり？　おれもなかなか鋭いでしょ」

手で作ったピストルで潤を打ち抜くようなしぐさをする宇田川に、潤は何と言って弁明しようかと考える。が、宇田川はそんな暇を与えなかった。

「だからさ。付き合っちゃおうよ、おれたち」

潤の腰をたぐり寄せた宇田川に、潤の全身には鳥肌が立つ。

「ちょっ……。宇田川さんっ」

「んー、細い腰。タブリエエプロンの紐《ひも》がそんなに余るわけだ。もしかして制服も女性用だったりする？　ルミちゃんと同じサイズじゃない、このシャツとか」

「宇田川さん、離して下さいっ」

身をよじると簡単に手は離れたけれど、まったくこたえていないようにへらりと笑う宇田川にはこれ以上どう対応すればいいのかわからなかった。

これこそが今潤が困っていることだ。いい先輩だと思った宇田川だが、実はなかなか厄介な人だと知ったのは昨日のこと。少し時間が出来ると潤にあれこれ話しかけていたが、次第にその中に色恋めいた発言が含まれるようになった。スキンシップが激しいのにも困っているが、宇田川の接触がすばやいせいで毎回のように逃げ損ねてしまうことにも困惑している。

潤が何度嫌がってものれんに腕押しだし、恋人がいるからと断っても信じてくれない。潤よりはるかに口が回る宇田川に毎回丸め込まれる感じだった。

大山の代理として入っているアルバイト先でバイトの人間と諍《いさか》いを起こしてはという心理が、潤の口をさらに重くしていた。誰かにきつくものを言うことが出来ない性格も宇田川をのさばらせる原因のひとつのような気がする。

泰生が出発前に、そのチャラ男は狙ってるぞと言ってたのが当たったな。

潤は口の中でそっとため息を噛みしめた。

泰生には宇田川のことは言えないでいた。昨日はここまであからさまなこともしなかったし言わなかったからだが、今日の定期連絡の電話でもきっと何も言えない気がする。

今日を含めてあと三日乗り越えればいいと思うと、何かアクションを起こすより我慢する方がいいと考えてしまう。遠く離れた泰生に必要のない心配はかけたくなかった。

それは、この職場での宇田川への対応も同じく。

「ちょっと、そこ。代打新人にセクハラしてんじゃないでしょうね」

そんな潤の助けは、他のバイトスタッフだ。コーヒーカップを下げてきた女性スタッフは潤と同じくらい細くて小さいが、見た目を裏切るパワフルな女性だった。

「そんなことないよ。橋本くんのシャツがルミちゃんと同じサイズなんじゃないかって言ってたんだ。男ものでこのサイズはないでしょ」

「それがセクハラだって言ってるのよ。何も知らない新人を食うのもいい加減にしなよ。新人が入ってきてもすぐやめちゃうのはあんたのせいでしょ」

「えー、心外だな。だったらルミちゃんが相手してくれる？」

「誰がっ。男も女もいける節操なしなんか大嫌い。もう、橋本くんも気をつけなって昨日から言ってるじゃない。こいつはね、初もの食いが大好きなけしからん男なんだからね」

「初もの食い？」

潤がきょとんとルミを見ると、なぜか目を逸《そ》らされてしまった。

「何か、自分が汚れてるのを猛烈に思い知った感じ……」

「やっぱ可愛いよ、橋本くんって。んー、これはぜひおれが頂かなきゃ」

嬉々として潤に体をすり寄せてくる宇田川に、顔が引きつった。そんな潤を横から守ってくれるのは自分とそう変わらない体格のルミだ。

「ちょっと！　橋本くんの一メートル圏内には入らないでっ。今どきこんな貴重なバイトくん、いないんだからね。真面目だしチャラチャラしてないし、何より一度も注文を間違えないって奇跡だよ。力ないのを抜かせば、あんたよりよっぽど戦力になる。やめられたら困るの」

「えー。おれも戦力になるでしょ」

カフェタイムまでは少しあるせいか客も今が一番少なくどこかのんびりしていた。

何となく居心地の悪いこの場を離れる口実はないかと潤がきょろきょろしていると、突然隣《となり》でルミが「あっ」と大きな声を上げる。

「あの車。昨日もあそこにずっと停まってたんだよ。なんか怪しくない？　ライバル店の敵情視察かな。私のスカウトだったりして」

ムフフと笑うルミの視線の先には黒ぬりの車が停まっていた。その運転手に潤は見覚えがある気がして、じっと見つめる。後部座席にはスモークが貼られていて中が窺えないから特にだ。

「あの車、昨日もいたんですか」

「そう。あんな場所に隠れるように停まってたから昨日もおかしいと思ってたんだ。ねぇ、皆でとっちめに行こうか」

物騒なことを口にするルミだが、潤は気になったことがあった。

「あの、おれが様子を見てきます」

「えぇっ、今の話は冗談だよ？　本気にしちゃダメだって」

「待って待って、ヤバイ人だったらどうするんだよ。おれは逃げるからねっ」

引き止めようとする二人に知り合いかもしれないと言い置いて、車がよく見える窓際へと近付く。外からも潤の様子が見えたのか、急に車内が慌ただしくなった気配があって潤が確信を深めたとき、観念したように車から降りてきた人物があった。

「やっぱり、父さんだ」

品のいいスーツを身に纏《まと》ったミドルエージ。中肉中背で神経質そうな銀縁《ぎんぶち》メガネをかけている男性は潤の父親である正《ただし》だった。ことさら厳しい渋面《じゅうめん》を浮かべて店に入ってきた父は、出迎えた潤から視線を逸らしている。

「ち、ちょうど昼を抜かしたからついでに寄っただけだ」

聞いてもいないのに、潤に向かって父はそんなことを早口で言った。

「来てくれてありがとう。えっと、いらっしゃいませ。お席にご案内します」

なぜか二人してぎくしゃくと歩いていく。

「本日の日替わりプレートは売り切れましたので、フード類ですとこちらになります」

「そうか。では、これをもらおう」

「はい。『ホタルイカと春山菜のパスタ』ですね。しょ…少々お待ち下さい」

戻されたメニューを受け取る手がぶるぶる震えていたのに気付かれただろうか。

こわばった顔で作った笑顔にムリはなかったろうか。

まさか父がバイト先に顔を出してくれるとは思わなかったから、未だに潤の心臓はバクバクと大きく脈打っていた。

潤と父は、おかしな話だが最近やっと家族になったばかりだ。

潤を産んだ妻が自分を捨てて外国へ帰ってしまったせいで、ずっと自分の殻《から》に閉じこもり潤をいない者扱いしていた父だが、とある事がきっかけとなってようやく和解したのは半年ほど前のこと。潤の恋人である泰生が深く絡んだ出来事は、潤にこうして父の存在をもたらしてくれたが、同時に生まれ育った家と訣別するきっかけをくれたものでもあった。

そのため父は潤と泰生が男同士で付き合っているのも知っているし、泰生のマンションで暮らしているのも公認のもとだ。

今まで父とは疎遠《そえん》だったため、交流を図るようになって何を話せばいいのか潤は戸惑っていたが、大学に入ってからはこまめにメールをするようにしていた。父は毎回素っ気ないメールを返してくるが、潤のメールをそれなりに待ってくれていると感じ取れるのは、そんな返信メールが即行で戻ってくるためだ。今回のバイトの件も父にメールを入れたのだが、その時ばかりはメールではなくいきなり電話がかかってきて驚いた。

『バイトをするとはどういうことだ。学生の本分は勉強だろう。小遣いが足らないのなら私に言いなさい、いくらだって用意してやる。それにしてもあの男はいったいどういうつもりだ、おまえにアルバイトをさせるなど』

一方的にまくし立てる父の発言は甘いような厳しいようなものだったが、父が潤を心配してくれているのはわかる。だから、友人の代わりにほんの五日間だけのアルバイトであることを説明すると渋々納得してくれた。

その後ずいぶん詳しくアルバイトのことを訊ねられたのだが、まさかそれが今日の父の訪問に繋《つな》がるとは思いもしなかった。しかもルミの話では昨日も様子を見にきてくれていたようで、何だかくすぐったい気持ちだ。

父の視線が厨房へと戻る自分を追いかけてくるのがわかる今は特に――。

「ホ…ホタルイカと春山菜のパスタ、入りました」

「オーライ！」

ちょっと慣れたと思っていたオーダーを通す仕事でさえ緊張で声が裏返ってしまった。父に働く姿を見られたという気恥ずかしさもあって顔が熱くなる。

グラスにミネラルウォーターを注いでいると、宇田川とルミが近寄ってきた。

「橋本くん、あのお客さまとやっぱり知り合いだった？」

「はい、父でした。すみません、お騒がせしてしまって」

「初のアルバイトだから心配して様子を覗きに来たってヤツか、過保護だなぁ。でもさ、二人って本当に実の親子？　雰囲気がやけによそよそしいし、付き合いだしたカップルみたいだったよ。まさかあのオヤジが橋本くんの恋人なのかってちょっと焦ったくらい」

宇田川のあまりにとんちんかんな発言には絶句したが、『よそよそしい』とか変に鋭い指摘にはどぎまぎした。そうか。人から見ても自分と父はよそよそしい感じなのか。

「宇田川ってどこまで恋愛脳なのよ。もうこんなバカは放っておいて、橋本くんはお父さんのところへ行ってきな。今ちょっと暇だし、しばらく話してきていいよ」

女だてらに威勢のいいルミに送り出されて、潤は水のグラスを運びにいった。ルミにも言われたし、せっかく来てくれた父と少し話すべきかとテーブルから立ち去れずにいた潤だが、父からは賃金分の仕事はしなさいとしかめっ面で追い払われてしまう。

父はやっぱり父だった……。

苦笑しながらも、潤の胸はじんわりと温かくなった。

「あ、会計をお願いしますっ」

バックスペースへ戻りがてら、席を立った客を見つけて潤は他のギャルソンに声をかけ、くるりとUターンした。食べ終わった客の食器をトレーに乗せていく。

カフェの客が少しずつ入るようになって忙しくなり始めた頃、視線の端で父が席を立つのをとらえた。あっと顔を上げると、父はさっさと会計を済ませて店を出て行く。どこからともなく現れた黒ぬりの車に乗り込んで去っていった。

正味三十分にも満たない滞在だった。あっという間の出来事で、父がバイト先を訪れたのは幻だったかと思ってしまうほどだ。それでも父の訪問が確かに現実であったのは、珍しく父の方から送られてきたメールで確認出来た。

『なかなかの働きぶりだった。だが、今度アルバイトをするときは私の会社でしなさい』

これは、頑張りを認めてくれたということだろうか。

メールの文章を指先で辿《たど》りながら、潤は弾んだ足取りでその日は帰宅の途についた。

アルバイト最終日は少し早めに上がるシフトだ。せっかく仕事を楽しめるようになってきたところだったのに、あと数時間でこのアルバイトも終わりかと思うと残念な気がする。

「いらっしゃいませ」

他の人に比べるとまだまだ声も小さいけれど、最初の頃に比べれば声も震えずにちゃんと言えるようになった。家でもずっと挨拶の練習をしていた成果かもしれない。

バイトが終わるのは少し残念だが、今日は泰生が帰ってくる日だった。

電話ではあまり話せないので、泰生が帰ってきたら話したいことがいっぱいある。初日から通っていた初老の男性客に「少し慣れたようだね」と話しかけられたことや、箸《はし》を使いづらそうにしていた外国人客にフォークを渡して感謝されたこと、もちろん父のことも。

泰生が帰ってくるときはいつも朝から胸が弾むけれど、今回は泰生に話したいことが多いせいか、いつも以上に会うのが待ち遠しかった。

泰生の帰国は夕方前。今日はバイトの上がりも早いから、泰生を部屋で出迎えられるだろう。そう思うと顔もほころぶようで、気を付けないとにやにやしてしまいそうだ。

そして、潤が今日これほど機嫌よくゆったりとした気持ちでいられるのは、実はもうひとつ。アルバイト先で潤を困らせていた宇田川が休みだという理由もある。

昨日まで潤と同じシフトだった宇田川からは、ずっと口説かれ続けていた。

客にさえ親しげに話しかけていくような性格は尊敬するが、何にでも恋愛を絡めてくる宇田川とはまともな会話が成り立たない。潤の話を自分に都合よく変換してしまうところには本当に困惑させられた。

だから、今日は宇田川が休みだと聞いて心からホッとしている。バイトが終わるのは残念だが、もう宇田川に会うこともないと安堵の気持ちも強かった。

「ありがとうございましたっ」

昨日、今日はゴールデンウィーク中日の平日のせいか、それまでとは客層ががらりと変わって驚いている。近くのビルで働くサラリーマンやOLたちが短い時間であっという間にランチを食べ終えていくさまはまさに圧巻だ。その忙しさは、戦争のようだった初日を思い起こさせるほど。しかし、ある時間がすぎるとそんなサラリーマンたちもぱたりと来なくなる。昼休憩の時間が終わったのだろう。

「忙しかった……」

のんびりとした空気が漂いだした店内に、潤もようやく息をつく。気付けば、アルバイトの上がりまでもう一時間もなかった。

「いらっしゃいま……せ」

また店に入ってきた客の影に潤は声を上げたが、その姿に口をぽかんと開けてしまう。

百九十センチを超える長身の男だ。洗練された歩きで店に入ってくると、色気のある長めの黒髪を無造作に片手でかき上げた。整った顔があらわになるが、男の魅力は端整な容姿以上にその身に従える圧倒的なオーラで。

「泰…生……」

潤を見つけて、泰生の唇が笑顔を象《かたど》る。

「お、やっぱ写メで見るより実物がそそるな」

「え、え？　泰生？　え、何でっ」

思わず泰生に駆け寄っていた。

「早い便で帰ってきたんだよ、空席待ちしてた飛行機が取れたんだ。ゴールデンウィークだから人が多くてずっと回答待ちだったけど、ぎりぎり何とかなった」

以前、泰生の出迎えに空港まで行くと言った潤に、不確定要素が多いから来るなと断ったのはこの件もあったからか。潤が納得していると、泰生からおもむろに視線で促される。

「で、いいのか、仕事は」

その瞬間、ようやく今の自分の立場を思い出した。

周囲を見回すと、客も店員もあ然と潤と泰生を見つめていた。特に、スタッフたちの驚きようはすごい。大人しい性格の自分がすごい勢いで駆け寄ったせいかもしれない。

ガチンと体が固まった。すぐにむりやり復活させたが。

「ま、ま、まだっ、仕事中なんです。外で待ってて下さいっ。あと一時間で上がりますから」

「は？　なんで追い出そうとすんだよ。おれはランチを食べに来たんだよ、美味いって言ってただろ」

ここぞと泰生にお願いするが、サプライズで現れた恋人は心外そうに片眉を上げた。

先ほどまでは心地よい喧騒にあふれていた店内が今はしんと静まりかえっている。その中を、泰生のよく通る声が隅々まで響き渡っていく気がした。

「おら、今おまえはギャルソンなんだから早く席へ案内しろよ。おれはお客さまだぜ？」

容赦ない泰生の言葉に、潤はもう息が止まりそうだ。顔も変にこわばっている。

「お席へご案内いたします」

フラフラと頼りない足取りで泰生を空いた席へ案内した潤は、メニューを開いて渡し、簡単に説明する。と、泰生はテーブルに肘をついて潤を見上げてきた。

「な？　何がおすすめ。お兄さんのおすすめを教えろよ？」

甘えたような泰生の声に、耳が熱くなった。お気に入りの店員をいじるような態度だ。言わば公の立場である今の潤にとって、客である泰生には下手なことを言えなくて非常に困った。

「おれっ…いえ、私は、バイトを始めたばかりなのでおすすめとかわかりませんっ」

必死で潤が答えると、泰生からは微苦笑が返って来る。

「バカ正直なとこがホント可愛いぜ。いいから、こういう時は人気のメニューとか言っとけ」

「だったら、日替わりプレートがよく出てますっ」

「それ、今日の分は終わったって今言ったじゃね」

泰生に指摘され、潤は顔から火が出るかと思った。パニックを起こしすぎてはちゃめちゃだ。涙まで浮かんでくるようで、潤は必死に瞬きを繰り返す。

「あーはいはい。ちょっと落ち着けって。深呼吸な、吸って吐いて吸って。どうだ、落ち着いたか？　んじゃ、もう言えるな」

「春野菜のカレーが人気です」

「そ。んじゃ、それちょうだい」

ようやくオーダーが決まって、潤はよろよろと厨房へ戻った。

「春野菜のカレー、入りました」

「オーライ！」

いつも通りの厨房の声が平常心を取り戻させてくれ、潤はぐっと顎を上げた。

泰生に自分がちゃんと出来るところを見てもらうんだ……。

泰生のためのミネラルウォーターを準備しようとバックスペースへ入ると、スタッフたちに囲まれた。

「驚いた。橋本くん、あの『タイセイ』と親しいんだ」

「お水、私が持って行きたいな。替わってくれる?」

「写メ、取らせてくれるように頼んでくれないかな」

今日は女性スタッフばかりだったせいか、バックスペースはちょっとした騒ぎになる。ホールにも聞こえてないだろうかとハラハラしていると、厨房からシェフのひとりが顔を出した。今は不在だという店長の代理として、最初に潤と面接をした副チーフシェフだ。

「うるさいぞ、厨房まで丸聞こえだ。芸能人だろうとモデルだろうと、客は客だ。自分たちがこの店のギャルソンだってプロ意識を忘れんな。橋本、おまえもだぞ」

厳しい叱咤《しった》にその場にいた皆が姿勢を正す。潤にいたっては居たたまれなくて肩をすぼめた。

「散れ散れ、仕事をしろ」

ひらひらと手を動かされ、スタッフが慌てたようにそれぞれの仕事に戻っていく。潤もミネラルウォーターを入れたグラスを泰生へと運んでいった。

「何かあったか?」

にやにやと笑う泰生は、まるで裏で何があったか見ていたような顔だ。普段、必要以上に人に騒がれるのを嫌う泰生だが、今日はまるでその逆だ。歓迎さえしているような上機嫌な泰生に、潤は内心首を傾げる。

そんな泰生は「ところで」と、のんびり店内を見回した。

「今日はチャラ男は？　ギャルソンも女しかいないよな」

「チャラ男って……宇田川さんだったら今日は休みです」

「何だ。牽制しようと張り切ってたのに。ま、今日いた人間からいないヤツにも知れ渡るか」

泰生っていったい何のために来たんだろう……。

疑問に思うものの、今は自分は仕事中だ。泰生と話をしたければ、あとにするべきだ。

「そ…それでは、もうしばらくお待ち下さい」

厨房へ戻ろうとした潤の手を、しかし泰生が引き止めた。指の間に自らの指を滑り込ませ、絡めてくるようなしぐさに、潤は自分が耳まで真っ赤になったのを知る。

「つれないな、もう帰るのか？　指名料出すから専属でテーブルにつけよ」

「そ、そんなサービスはありませんっ。失礼しますっ」

泰生の手を払いのけて、最大限にボリュームを下げて叫ぶ。

どこまでもからかってくる泰生が恨めしい。

床を踏みならしたい気分で戻っていく途中、奥のテーブルの一角で壮年の外国人客が女性スタッフに何かを懸命に訴えているのが見えた。何か問題でも起こったかなと心配しながらバックスペースに入ると、他のスタッフが互いの背中を押し合っている。

「英語？　英語じゃないの？」

「違うよ、あれはフランス語だって。ルミちゃん、助けてやって」

「ムリムリ。私フランス語なんて出来ないよ」

どうやらフランス語で話す外国人客の訴えが聞き取れないらしい。対応している女性スタッフも困った顔で立ちつくすばかりだ。他のギャルソンや周囲の客も様子を窺うだけで声をかけようという人はいなかった。最後には外国人客が諦めたように肩をすくめて席を立つそぶりを見せる。その表情は悲しげだ。

「おれ、行きます」

潤は思わずそう口にしていた。

昔、泰生に助けられたことがあった。

書店で万引き犯と間違えられ、警備員に問答無用で連れて行かれようとした事件だ。周りを囲む人たちは誰も助けてくれず、その中で泰生だけが手を差しのべてくれた。

泰生との出会いでもあるその事件のとき、泰生の勇気ある行動には本当に助けられたし、とても嬉しかった。泰生にとっては取り立てて難しい行動ではなかったにしてもだ。

今、あの外国人客がそんな昔の自分のように見えた。

潤だってフランス語などほとんど出来ない。最近ようやく勉強し始めたばかりで、単語を覚えるのが精一杯だ。それでも、困っている人を助けたいと思ったのだ。せっかくこの店に来てくれたのに、そのまま帰ってしまうなんて申し訳ないような気がした。

「Je peux vous aider?」

第一声は通じたようだ。

何かお手伝いしましょうかと訊ねる挨拶だったが、相手からはそれで潤がフランス語が出来ると思われたようで、嬉しげにフランス語でまくし立てられてしまう。だから、必死にもっとゆっくり話して欲しいと繰り返し、何とか客と会話を交わしていく。いや、恥ずかしいほど単語を並べただけのやり取りなのだけど。

それでも、外国人客が宗教上の理由から豚肉が入っていない料理を探していたらしいことがわかってホッとする。厨房に戻って、使われているオイルやブイヨンにいたるまで豚肉が使われていないことを確認して、客の希望したオーダーを通した。

「チキンとアスパラの赤いチーズリゾット、入りました」

「オーライ！」

返って来る厨房スタッフの声に今までと違う響きを感じて、潤は顔を上げる。

厨房スタッフが皆一様に笑顔を浮かべていた。先ほど潤を叱咤した副チーフシェフも、潤に向かってサムアップサインを見せる。

何だか、今こそ仲間になれた気分だ……。

泰生だったら、きっとここでサムアップサインを返せと言うところだろうが、潤はそこまで奔放《ほんぽう》にはなれない。ぺこんと厨房に向かって頭を下げるだけだ。

せっかくこの店の仲間になれたけれど、もう潤のアルバイトの時間は残り少なくなっていた。

「今度は客として店においで——」

五日間のアルバイトも、無事終了。

大きな失敗もなく何とか最後までやり遂げることが出来て、とても満足している。

ありがたいことに、スタッフたちから短期のアルバイトで終わることを残念がる言葉ももらって、ほんのちょっとの寂しさとそれを上回る嬉しさで最後はどんな顔をすればいいのかわからなくなった。

「ありがとうございました」

何度もそう口にし続け、潤は初めてのアルバイトを終える。達成感に更衣室でホッとしていると、泰生からのメールが入ってきた。

「そうだ、泰生っ」

このあとは泰生とデートだ。

潤がバイトを終わらせるまで店で待つと言ってくれた泰生だが、さすがに遅いとせっつかれてしまった。大慌てで着替えると、潤は裏口から飛び出す。

「ハッピーバースデイ！」

その顔先に、いきなり突き付けられた小ぶりな花束に潤はたたらを踏んだ。

「え、え?」

「今日は橋本くんの誕生日だろ。十九歳だね、おめでとう」

目の前の花束が消えて、現れた顔はまさかの宇田川だった。

今日は休みのはずの宇田川がどうして店の裏口に立っているのか。しかも、潤の誕生日を知っているのか。花束を潤に向かって差し出しているのか。

何が何だかわからず、潤は思わず後ずさりしてしまった。

「宇田川さん?」

「んふふ、驚いた顔も可愛いね。でも、感謝して欲しいな。おれが今日こうして橋本くんに会いに来なければ、もう一生会えなかったかもしれないんだよ? 今日、おれが休みだって忘れてただろ。うっかりさんだな、君は」

ナチュラルに伸びてきた人差し指が額に触れようとする一歩手前で、潤は何とか指を避けることに成功する。自分の顔が引きつっているのがわかり、それを宇田川に見せるのは失礼な気がして潤はわずかに顎を引いた。

宇田川がここに立っている理由はわかったが、その考えも行動も潤にはやはり理解出来なかった。自分とはまったく違う生きもののような不気味ささえ感じる。

それでも、宇田川のスキンシップから逃れるのが難しいと感じていたそのわけが、ここに来てようやくわかった。少し、泰生と似ているのだ。何の構えもなく潤に近付いてくるところが奔放な泰生の行動と似ていてついつい反応が遅れてしまう。

けれど、そのせいで宇田川には誤解させてしまったのかもしれない。

だが、今日ばかりは断固とした態度で宇田川に言うんだ、と潤は胸を張った。

「宇田川さん、おれには恋人がいるんです。だから、こういうことは困ります」

「またその話？　じゃ、その恋人ってどこにいるの？　どんな人？」

両手を上に向けて肩をすくめ、周囲を見回すそぶりをする宇田川に、潤は一瞬口ごもる。

泰生が恋人だって口にしていいだろうか。先日の大学での騒動があったせいか、トップモデルの泰生と知り合いだとか恋人だとか口にすることにはどうしても慎重になる。

そうして潤が躊躇してしまったことで、宇田川はにやにやと笑みを深めた。

「ほら、やっぱりいないんじゃない。ダメだよ、そうしておれを翻弄《ほんろう》しようだなんて」

「違います、ちゃんといます、恋人は――」

「もういいから。ほら、せっかくの君の誕生日という今日が残り少なくなってしまう。楽しもうよ、今日はお洒落なレストランに連れて行ってあげる。その後はバーにも行こうか」

「っ……」

悄然《しょうぜん》としていたせいか、宇田川の手が肩に回るのを今度は阻止《そし》出来なかった。そのまま強引に歩かされそうになったが、潤は必死で地面に足を踏ん張って抵抗する。その拍子に腕が外れてホッとするが、宇田川は諦めていないようにまた手を伸ばしてくる。だから宇田川の意識を逸らそうと、潤は急いでもうひとつの疑問点を訊ねてみた。

「う…宇田川さんは、どうしておれの誕生日を知っていたんですか」

「あ、それはね。君の履歴書を見たんだよ」

ぎょっと目を見開く潤をどう取ったのか、宇田川はその場でキザなポーズを取ると得意げに髪をかき上げてみせる。いや、がっちり固められた宇田川の髪はそよとも動かなかったが。

「大変だったんだよ、他のスタッフがいない合間にこっそりチェックしたんだからね」

それって犯罪に近いんじゃないだろうか。

唇をへの字にする潤だが、宇田川は顔をほころばせて体を寄せてきた。

「サプライズバースデイを演出するため頑張ったおれに、君から可愛いご褒美《ほうび》が欲しいな」

「ご褒美も何も、履歴書を見るなんていけないことだと――」

「そんな硬いこと言わないでよ。ね、ね、君の可愛い唇でご褒美にキスなんてどう？　最初から唇にキスは恥ずかしいかな、だったらほっぺでもいいよ。ほら、おれのここにチュッとね」

自分のほっぺたを指さしてウィンクしてくる宇田川を、潤は必死に腕で押しやった。

「するわけないですっ」

「あいかわらず恥ずかしがり屋さんだな。じゃあ、おれからキスだ」

「もっと嫌ーっ」

ふいに、押しとどめていた宇田川の存在が腕の先にいなくなって、潤は反動で体が前につんのめりそうになった。それを受け止めるように、誰かの胸に抱きしめられる。

「何やってんだ、潤？」

肺いっぱいに吸いこんだオリエンタルな香りに、潤は心の底から安堵した。

「泰生っ」

「人を待たせておいて、なに勝手に口説かれてんだ。他の人間に言い寄られてんじゃねぇよ」

顔を上げると、不機嫌そうに鼻の頭にシワを寄せた泰生と目が合った。鋭い眼差しはさらに鋭さを増して迫力さえ感じる。今、泰生の目には一片の甘さもなかった。

「ごめんなさい……」

気圧されて思わず謝ったけれど、ちょっとだけ納得がいかなくて潤は眉を寄せる。

自分が悪いんだろうか？　いや、確かに自分が隙《すき》を作ったせいかもしれないけど。

「あぁ！　嘘だろ。タイセイだ。え、マジ？　何でタイセイがここいんの？」

考え込む潤だが、その間に泰生は自分が襟首《えりくび》を摑んで引きずり倒した宇田川に向き直っていた。宇田川が素《す》っ頓狂《とんきょう》な叫び声を上げたせいでもある。

「で、あんたはこいつに何しようとしてたんだ」

「え、何でタイセイがおれに話しかけてくんの？　これってテレビか何か？　いやもうテレビでもいいや。うわ、すげぇ感動。おれファンなんだよ、タイセイの。そうだ、写メ写メっと」

ブリザードが吹きそうなほど超絶不機嫌な泰生に携帯電話のカメラを向けようとする宇田川には、呆れを通り越してある種の尊敬すら覚えた。

「何してんだ。人にケータイ突きつけんな、マナー違反だろ」

自分に向けられた宇田川の携帯電話を大きな手で握り込み、泰生が冷ややかに声を上げる。そのまま、携帯ごと宇田川を自らに引き寄せると、脅すように声を低めた。

「あんたがファンだろうがどうでもいい。常識も持たないファンなど欲しくもないぜ。おい、なに固まってんだ。ちゃんと聞いてるんだろうな？」

間近で凄まれて、さすがに宇田川も息をのんだように顔をこわばらせている。泰生の迫力に、口もきけなくなったようだ。

「ッチ。人のものに手を出しておいて、んだその態度。自分が何をしでかしたのか、すっかり忘れてるじゃねぇかよ。信じらんね。要は、潤に手を出すなって言ってんだ。もう二度と会うことはないだろうが、たとえ会っても全力で関わるな。いいな？」

拘束の手を離されて後ずさった宇田川は、そこで初めて潤を見た。泰生に庇われる潤の存在を、今ようやく思い出したように。

「え、潤って橋本くん？　じゃ、橋本くんの言ってた恋人ってもしかして――」

「おれだ。ったく、その程度のチャラチャラした気持ちで潤に近付くんじゃねぇよ。今度潤の周りでおまえの姿を見つけたらただじゃおかないぜ？　その軽い頭にしっかり叩き込んどけ」

泰生はどんな顔でそれを言ったのだろう。泰生の後ろにいた潤はわからなかったけれど、目の前の宇田川は顔を真っ青にして頷いていた。気のせいか体も震えているようだ。

「行くぞ、潤」

用は済んだとばかりに泰生が潤を引っ張っていく。怯えたように二人を見送る宇田川にぺこりと頭を下げると、潤も泰生の隣に並んだ。

「何だ、あいつは。あいつだろ、潤が最初に言ってたチャラ男って。気をつけろって言ったのに、何まんまと口説かれてんだよ。しかもおれが来てからあの男、潤の存在をすっかり忘れやがって。そんな軽い気持ちで潤を口説こうなんて百年早いんだよ、ふざけんな」

潤も少しそれに気付いていたが、泰生の言葉を聞いて確信を深める。

そうか、やっぱり途中から忘れられてたんだ……。

それだけ泰生の登場がインパクト大だったのだろうが、今まで宇田川から言われていた『好き』とか『付き合いたい』とかいった言葉がどれだけ薄っぺらいものだったかを思い知らされた気分だった。本気で色々悩んでいた自分がバカみたいだ。

「あの、どうして軽い気持ちでおれを口説いたって、泰生が怒るんですか」

不思議に思って訊ねると、ムッとしたように泰生の顔が歪んだ。

「うっせ、気分の問題だ」

「んんーっ」

鼻をぎゅっとつままれ、潤は不満を訴える。

「痛いですっ。それに宇田川さんの百年後ってきっと生きているのさえ難しいと思いますけど」

「そこを真面目に取るな。いいから、ほら。乗れよ」

つかまえたタクシーに強引に押し込められて潤は唇を尖らせるが、先ほど泰生に助けてもらった礼をまだ言ってないことに気付いて慌てて居住まいを正した。

「あの、さっきは助けてくれてありがとうございます」

神妙に見上げる潤を、泰生はじろりと睨んでくる。

「本当だぜ。どうしてもっと早く声を上げるなり、おれを呼ぶなりしないんだよ。あのまま押さえ込まれてもよかったってのか？」

「まさかっ。その、宇田川さんがのらくらしてたから自分でもどうにか出来るかなってつい思ったというか、色々考えたというか……」

「何だ、色々って？」

泰生の指摘に、潤はハッと口を押さえた。そのしぐさに恋人の視線が鋭くなる。だから睨まれる前に、潤は観念することにした。

「泰生と付き合ってるって、あんまり口にしない方がいいんじゃないかって悩んだんです。泰生はトップモデルで、世界ではとっくに有名だけど最近は日本でも有名になって芸能人的扱いになってきたから。この前大学でもああだったし」

「何だよ、面倒はもうごめんだって？」

潤の真意を確かめるように泰生が目を眇《すが》める。その黒瞳にチカリと、怒りにも悲しみにも似た激しい感情が瞬くのを見た。誤解されていることに気付いて、潤は慌てて手を振る。

「違います。そういう意味じゃなくて、泰生におれみたいな男の恋人がいるって公になると問題になるんじゃないかなって。おれは、宇田川さんにも恋人がいるってちゃんと言いました。でもどんな人かと訊ねられて、泰生だってはっきり口にしていいのか悩んだんです。結局言えなかった。誰にも彼にも泰生のことを口にしていたら、いつか巡り巡って泰生自身に迷惑をかけてしまうんじゃないかって――」

潤が胸のうちを明かすと、泰生が大きく大きくため息をついた。次いで、ぐしゃぐしゃと頭を撫でられる。

「まったく、どうしてそう考えすぎんだよ、おまえは」

「ちょっ…泰生、痛いっ。手、髪が絡まって痛いですーっ」

泰生の手をつかまえると、ようやく撫でる動きが止まった。

「――それに、おまえはおれのことを舐めてるよな」

泰生の手を握ったまま見上げると、すぐ近くまで寄せられていた黒瞳が小さく光った。唇を引き上げるアクの強い笑顔は自信たっぷりで、潤の胸は大きく波打つ。

「おまえと付き合ってる程度でどうにかなるような仕事はしてねぇよ。おれを誰だと思ってんだ？　世界のトップモデル『タイセイ』だぜ。おれが今まで積み上げてきた実績はそんな簡単に揺らぐようなもんじゃないんだよ。ましてや腕の中にあるものくらい守れなくてどうするよ、それほど情けない男じゃないぜ？」

「……うん」

「だいたい、色々考えすぎて結局ああして襲われるんじゃどうしようもないだろ。自分ひとり我慢しておけばっておまえの考え、そろそろ直せよ」

泰生が口にしたそれは、今回のそもそもの原因に繋がることに気付いて情けなくなった。

最初に思ったのだ。宇田川に迫られて困っていたとき、自分が大山の代理として入ったバイト先で騒動を起こしてはいけないと我慢する方向をまず考えてしまったことを。遠征中の泰生に心配させたくないと、宇田川のことを言えなかったこともしかり。

今までも、そんなふうに考えてしまうことが多かった気がする。

泰生って、本当によく見てくれてるんだな……。

「ま、おいおいだ。おまえの習い性《しょう》みたいなもんをそう簡単には直せないだろうから。ただ、おれに関してはそういうのはなしにしろ。あとで知って、よけい心配する羽目になる」

「善処します……」

神妙に潤は頷いた。

「で、初めてのバイトは楽しかったか？」

言いたいことを言ったからか、すっかり機嫌を直したらしい泰生は潤の肩に手を回してくる。先ほどから泰生はここがタクシーの中だってすっかり忘れているみたいだ。いや、泰生のことだから誰が見ていようと関係ないのだろう。実を言うと、潤だって今の今まで忘れていた。

めちゃくちゃ恥ずかしい……。

ハイヤーよりも運転席との仕切りが簡素な感じで、運転手が潤たちを気にしている気配がひしひしと伝わってくる。それが居たたまれなくて潤は体を小さくした。

「楽しかったです。立ちっぱなしで疲れたけど、最後はやっぱり楽しかったなぁって」

「確かに、頑張ってたみたいだな。でも、さっきの——潤がフランス語を勉強していたとは知らなかったぜ。おまえが顔を真っ赤にして四苦八苦してる姿はなかなか可愛かったな」

「見てたんですか」

フランス語が堪能な泰生に、あんな単語を並べただけの会話を聞かれるなど恥ずかしくて顔から火が出そうだ。

「も…もう、見てたんなら助けてくれてもいいじゃないですか。あの外国人のお客さまだって困ってたんですから」

「あれはあの男の自業自得だろ。言葉が通じない外国に行くんなら、日常生活ぐらいまともにおくれるように準備をしとかないヤツが間違ってる」

「そんなぁ……」

「別に難しいことはないだろ。方法は色々あるはずだぜ、そういうツールを用意するなり、万国共通の英語を少し齧《かじ》っとくなり、事前に現地の言葉を調べて何かに書き付けておくなりな」

自分に厳しく、そのためにストイックなほど努力を重ねている泰生だからこそ口に出来るセリフだ。自国にいながら、努力をしてもなお日常のコミュニケーションさえ失敗してしまう潤からしてみれば、少し耳に痛いものだったが。

「ま、それでもおまえが出てくるのがもう少し遅かったら、おれが行ってただろうけど」

肩をすくめる泰生に、潤はようやくほっと唇に笑みを浮かべた。

そうだった。以前潤が窮地《きゅうち》に陥《おちい》ったときに助けてくれたように、泰生は何だかんだ厳しいことは言っても困っている人間を見捨てられる人間ではない。傲慢《ごうまん》だとか冷酷だとか言う人間もいるが、今こそそんなことないんだと潤は大声で叫びたかった。

「何にやにやしてんだ。おら、着いたぞ」

さっさと下りろと促され、潤は言葉に従いタクシーを降りた。銀座の裏通りにあるショップの前だ。以前、泰生と一緒に来たことがある。確か、セレクトショップだったたか。

「店長。頼んでたの、取りにきた」

店で出迎えてくれたのは見覚えのあるハンチング帽を被《かぶ》った店長だ。泰生より数歳年上らしいその男性は、後ろの潤を見て頷いた。

「やっぱり相手はその子なんだね。サイズが細いから女の子かと思ったけど。うーん、雰囲気がいい意味で前と少しも変わってないね。タイセイの隣にいてまったく引きずられないってある意味すごいよ。ちょっと待って、今金庫から持ってこさせてるから」

「金庫なんかに入れてんのかよ」

「うちであの手のクラスを扱うのは初めてなんだから当たり前だよ。盗難にでもあったら洒落にならない」

角張ったメガネをかけたスタッフが持ってきたものを、店長は神妙に泰生へと渡す。

「では、確認をお願いします」

泰生の手のひらにようやく載るほどの箱だった。上質な革張りの箱を開けると、銀色のリングがふたつ並んでいる。そのひとつを取りだして目の高さでくるりと回転させたかと思うと、泰生は潤を見下ろしてきた。

「ほら、手ぇ出せ」

何かわからず潤は言われるままに手を出す。

「ばか、反対だ」

訂正されて、慌てて左手を差し出した。が、それにも泰生は困ったように眉を寄せる。

「なんで、手のひら向けんだよ。手の甲だろ、こういう時」

「いや、まさか目の前でコントが見られるとは思わなかったよ。この期《ご》に及んで何にもわかってないんだね、この子」

店長の笑い声が店の中に響いていく。

「うっせ、店長はあっち行ってろ」

睨まれた店長が店の奥へ消えていったあと、泰生が潤の出しっ放しだった左手を取った。指先に持ったリングが潤の左の薬指にはめられる。

「おし、サイズぴったし」

横に入った二本のラインが凛《りん》と美しいリングだった。ラインとラインの間のつや消し部分もよく見るとこまやかなデザインが施《ほどこ》され、埋められたひと粒の黒い宝石も印象的だった。幅広の平打ちリングのため潤の指には少しごつくて、それが指の細さを強調するようだ。

「え、泰生？　これ……」

「マリッジリングだろ」

泰生は苦笑しながらケースの中からもうひとつのリングを取り出し、自らの左の薬指にはめてみせる。潤と同じ意匠《いしょう》のリングだ。ただし、潤のそれよりさらに幅広で宝石もないが。

「マリッジリング……？」

「ハッピーバースデイ、潤！」

潤の薬指のリングに、まるで乾杯するように自らのリングを触れさせて泰生が囁いた。カチンと澄んだ音がした瞬間、顔がクシャクシャに歪んでしまう。

「泰……っ」

こぼれそうになった涙を潤は慌てて唇を噛んで我慢した。

これって、誕生日のプレゼントなんだ。

しかも、マリッジリング——。

「目を付けていたスペインの若手デザイナーの作品を急きょ取り寄せてもらった。結婚したらマリッジリングを着けるなんて、いかにもすぎて今までのおれだったら考えもしなかったけどな。サイズを測るために寝てるおまえの指にリングサイズゲージをはめる自分がおかしくて、夜中にすげぇ笑った」

感動して今にも泣いてしまいそうな潤を笑わせようとしているのか、泰生はそんな暴露話を教えてくれる。思わず唇が上がった潤に、泰生は真っ直ぐ視線を合わせてきた。

「潤の世界はこれからもっと広がるし、おれが傍にいられないことだってある。おまえがどれだけ気をつけても今日のように油断ならない虫は勝手にわいてきやがるしな。おれが前に出ると逆効果の場合もあるし、それとはっきりわかるマーキングの必要性を感じたんだ。ま、お守り代わりだ、売約済だってこれほどあからさまに周囲に知らせるアイテムは他にないからな」

「……うん、ありがと。嬉しいです、本当にありがとうございます」

泰生という恋人の存在を知らしめす薬指のリングを、潤はぎゅっと握り込んだ。

このショップには潤も驚くような値段の高い商品が並んでいるが、店を経営している店長でも金庫にしまいたくなるほどこのリングは特別なのだろう。そんなものが自分の薬指にあると思うと落ち着かないけれど、潤は外そうと思わなかった。

お守りと泰生が言っていた通り、泰生の存在を深く感じるリングが愛おしい。泰生とのペアリングというのも嬉しかった。

戻ってきた店長と話している泰生の薬指に光る同じリングを見て、唇がほころんでしまう。

「んじゃ、メシでも食いに行くか」

泰生の声に潤は顔を上げたが、これからまだしばらくは泰生と二人きりになれないんだと、残念な気持ちになる。しかしそんな潤の気持ちが読まれたみたいに、泰生からある提案が持ちかけられた。

「ここまで出ると美味いメシが食える場所は幾つもあるけど、どうすっかな。レストランで豪華なメシを食べて帰るか、それともこのまま何かテイクアウトして帰って食うか」

「家がいいですっ」

思わず勢いづいて返事をすると、泰生がわかってるじゃねぇかとばかりににやりとした。

「おまえのバースデイなのに家でメシでもいいのか？」

意味ありげに笑っているのは、隣にいる店長も同じだ。潤は恥ずかしくて顔を真っ赤にするが、こんな時の泰生は言葉にするまで決して許してくれないのも知っている。

だから潤は背伸びをして、泰生の耳元に唇を寄せた。

「泰生と早く二人きりになりたいから、家に帰りたいです」

そっと囁くと、小さな声が泰生の口からもれた。くすぐったさを感じる優しい笑い声だ。

「可愛いだろ、こいつ」

耳がいいのか、同じく聞こえてしまったらしい店長に泰生は自慢げにそんなことを言う。笑うと思った店長だが、なぜか目元を赤らめて困惑顔をしていたのが不思議だった。

「んじゃ美味いメシ買って、帰るか」

「はい——」


「……っと。泰生、大丈夫ですか」

泰生のために、重いドアを開けて振り返った。開けられた玄関から入って来る泰生の両腕にはたくさんの紙袋がぶら下がっている。

「小さな紙袋が多くなると、意外に労力いるよな」

家でディナーにしようと計画したが、久しぶりに行くというデパ地下に下りると、泰生の買い物欲に火が点いた。話に聞いていたらしい初夏の和風折詰や毎回買ってしまうお気に入りのサラダ、デザインが特出しているというだけでデザートを幾つも購入したりして、その度に増えていくショップの紙袋に潤はハラハラした。

「これはチルド室で、こっちは常温。あと冷蔵庫に入れるのは――」

買ってきた商品をせっせと仕分けていくのは潤の役目だ。泰生はというと、買っただけである程度気持ちを満足させてしまったらしく、今はキッチンの椅子で伸びていた。さっきまで目を輝かせてケーキのショーケースを覗き込んでいたのに、まるで別人の様相だ。

こんな泰生を知っている人って少ないだろうな……。

人の目を気にするような泰生ではないけれど、プライベートスペースにいる泰生はやはり外での姿とはどこか違っていた。それは、外でいつもピリピリしている野生動物が巣穴では手足を伸ばしてくつろぐような感じに似ているかもしれない。

「ふふふ……」

自分で思いつきながらも言い得て妙で、潤はつい笑い声がもれた。

「何だよ、楽しそうだな」

それに気付いたのか、泰生が片眉を上げる。椅子から立ち上がると長い足であっという間に潤のところに辿り着き、身を屈めてきた。

「おまえのそんな顔を見ると、帰って来たって思うな」

泰生の囁きに顔を上げると、すぐそこに甘やかな黒瞳が迫っていた。

「……ん」

触れ合うだけのキスが二度、三度と繰り返され、泰生の唇でゆるく挟まれた潤のそれが引っ張られる。柔らかなキスは、ただいまの挨拶も含んでいるのだろう。

もしかしたら、自分も家でしか見せない顔があるのかな。

キスを受けながら、泰生の言葉を反芻《はんすう》してそんなことを思った。だから、こんな愛おしいようなキスをくれるのかと。

「っん、ふ……っ…ん」

久しぶりのキスは、唇を触れ合わせているうちにいつしか深いものへと変わっていた。侵入してきた熱い舌に口の中をぞろりと舐められて足が揺らぐ。そんな潤の背中に触れたのは冷蔵庫だろう。無機質の冷たさをシャツ越しに感じて、首筋に鳥肌が立った。

泰生の手が襟元で蠢くのを感じると、頭の中でストッパーが働く。

「っ…ま……て、ん、泰…生っ？　は……んっ」

「ん？　何だ？」

キスをやめた泰生は訊ねておきながらも潤の細い首にかじりついてくる。肌の薄いうなじに泰生の尖った歯牙《しが》が食い込むような感覚は恐いような気持ちいいような不思議なもの。ゾワゾワと肌があわ立ったが、泰生はそれさえもざらりと舐め上げていく。

軽い眩暈に襲われて、潤は泰生の腕を必死で掴んで床を踏みしめた。

「ん、っん、泰生っ。まだ明るいし、ご飯も食べてないし、お風呂だって——っひ…ぁあっ」

セックスのときはいつにも増して傍若無人《ぼうじゃくぶじん》になる泰生にこんなことを言ってもムダかも知れない。けれど、潤だって恥ずかしさはなくなってくれないから何度でも言う。

「泰っ…ぃせ、泰生っ」

「その願い、あとで全部叶えてやるから、今は大人しくよがってろ」

「だっ…て、ぁんっ、んっ、やめっ…てくださいっ……て、ここじゃ——っ…ぅ」

泰生の手がシャツ越しに潤の尖りを探し当てた。指でひねられてしまうと、潤の声は甘みを帯びたものになる。振動を生む動きを加えられて、潤はたまらず顎《の》を仰け反らせた。そんな潤を追いかけて、泰生が再びキスをしてくる。ねっとりと唇を擦り合わせ、唇の柔らかさを確かめるようにゆるく噛まれた。

たゆたうような優しい愛撫に、次第に抵抗の気持ちも失われていった。ここがキッチンでも、まだ明るくても、どうでもいいと思ってしまう。

欲しいのは泰生——。

泰生の手が欲しい、キスが欲しい、確かな熱が何よりも——。

「ん、ぁ……泰っ…せ、っは……」

整えられた爪でかりっとシャツ越しに乳首を引っかかれて吐息がもれた。耳朶《じだ》をきりきり噛まれる甘い痛みに潤の体には何度も電流が走る。

体の奥でもたげてくる欲情の大きさは、普段何の問題もなく日常がすごせているのが不思議なほどだ。体を乗っ取るような激しい疼きも思考を奪い去るような深い官能も、いったいどこに隠れていたのか。泰生の手で快感に染められていく体は、そんな内からの欲情にも燻《いぶ》されて、ぐずぐずと蕩《と》けていくようだ。

「ぁあっ」

シャツのボタンが外されて、とうとう泰生の手を直接肌の上に感じた。

潤の鎖骨《さこつ》を辿っていた手のひらが、思わぬところで潤の官能を刺激する。肌の感じる場所をかすめたのは伸ばした小指か、薬指か。鳥の羽で触れられたようなタッチだからこそ、焦れったいような疼きを落としていく。

「ふ……っ、ぁ、あっ、泰生っ」

指でいじられていた肩先に、熱い吐息を感じてびくりとした。唇が潤の肌に触れたとき、泰生の指先は潤の一番感じる部分に辿り着いていた。

「う、んん――っ……」

指先に囚われた小さな粒を弾かれて、潤の体にびりびりと電流が走る。頭の芯まで痺れそうな強烈な刺激に、潤の膝はガクガクと震えた。

「んー、すげぇ気持ちいい」

潤の肩に噛みついていた泰生が欲情にぬれた声を上げる。

潤の体を触っているだけなのに、泰生も気持ちよくなってくれているのだろうか。

泰生の手はいぜん潤の弱点をいじくり回し、首筋へ移動した唇はキスの雨を降らせていた。潤はただただ泰生からもたらされる愉悦に体を震わせているだけなのに。

「ぅんっ、ぁ、ぁうっ」

それでも、泰生も感じていることが証明されるのはすぐ——必死に踏ん張っていた脚の間に泰生が自らの脚を滑り込ませてきたからだ。潤の体に押しつけられる泰生の欲望はすっかり硬く頭をもたげていた。卑猥な塊の存在に、潤の瞳は熱く潤んでしまう。

その瞬間、潤が強く欲情してしまったことは、触れている下肢を通して泰生にも伝わってしまっただろう。それを助長させようというのか、泰生の腿が潤の熱を擦り上げてきた。

「ひ——…んっ、ぁ、ぁあっ、待…って、ゃうっ」

泰生の腿によって揉み込まれる動きはズボン越しのせいかひどくもどかしい。もどかしいけれど、潤の熱は確実に温度を上げていく。

それは外的要因も大きい——目の前に見えるのはダイニングキッチン。背後にあるのは大きな冷蔵庫だ。あまりにも日常的な場所で快楽に溺れることが恥ずかしくてたまらなかった。羞恥に泣きたくなるが、それでも愛撫を求めることをやめられない。どころか、その背徳感がさらに潤の欲情を煽ってしまう。

大きな手がズボンをくぐって下着の中に忍んだとき、潤はたまらず泰生にしがみついていた。

「泰、泰生…も一緒に……ぁんっ」

「はいはい」

笑いを含んだ返事のあと、泰生が自らのズボンのジッパーを引き下げた。下肢をあらわにして、潤の欲望と触れ合わせてくる。潤がはいていたデニムはジャマだからと最初に下着ごと剝ぎ取られてしまったから、卑猥な行為を妨げるものはもう何もなかった。

「っ……んんぅっ」

敏感になっている潤の欲望に触れる熱の塊に、甘く喉が鳴った。泰生の大きな手でふたつの欲望を握り込まれると、擦れ合う刺激にしらず腰が揺れてしまう。

「は…ぁ……、ゃ、や、やぁっ」

「んー、やりづれぇ。テーブルに座るか」

身長差がありすぎて、潤に合わせると泰生がつらいらしい。ちらりと背後を見た泰生は潤の腰を攫《さら》うと、ダイニングテーブルに座らせてしまった。

「っひ、泰生っ。ここ…食事をするとこですよっ」

「これから潤を食うんだから、理にかなってるじゃね？　ほら、とっとと足開けよ」

「ゃあっ、ちょ……」

ダイニングテーブルに浅く座らされた潤の前に立った泰生は、膝を摑むと大きく左右に開いた。後ろ手で体を支える潤は恥ずかしさに頰を赤く染めるが、泰生が楽しそうに目を細めるのが悔しい。シャツの下に欲望が頭をもたげているのが見え隠れしているのもたまらなかった。

「すげぇ格好」

泰生がわざと距離を取って潤の姿を眺めてくる。

「も少し前だな。腰、もっとこっち」

テーブルの上に座った潤の脚の間に体を進めた泰生は、潤の腰をもっと自分に近付けるように前に引きずり出す。テーブルから半分も腰が突き出た感じだ。

泰生の腰に自らの下肢を押しつけるような格好があまりにいやらしくて唇が震える。

「泰生っ」

「一緒にいきたいんだろ？」

が、抗議しようとした潤の口を、泰生は婀娜《あだ》な視線で縫い止めた。改めて潤の熱に手を伸ばしてくる泰生に反射的に思わずずり下がろうとした潤だが、泰生がひと足早かった。

「あ……っぁあ」

きゅっと熱を握り込まれ、潤は動けなくなる。数度大きな手でやわやわ揉んだかと思うと、その手に自らの欲望も加えた。先ほどより硬度が増している泰生の屹立に、背筋がゾクゾクする。敏感な雄蕊《ゆうずい》で感じる泰生の欲望のさまに、生理的な涙がぽろりとこぼれた。

「……しょっぱ」

それは、頰に落ちる前に泰生の舌に舐め取られたようだ。震えるまつげを上げると、潤んだ視界に泰生の舌があった。慌ててつむった目の縁にひやりとぬれた舌先を感じたとき。

「っ…ひ、ぁ…やあっ」

欲望を握り込んだ泰生の手がゆっくり上下に動き始める。

泰生の手に擦られ、泰生の怒張ですり合わされて、みるみるうちに自分の屹立が大きくなるのがわかった。ごり、と音がしそうなほど泰生の欲望が硬く猛っているのも、潤の欲情をストレートに刺激する。

「ぁう、あっ……ぁんっ」

泰生の手に合わせて、淫らに腰が揺れるのを止められない。

「っ…は、すげぇ眺め」

とくり、と潤の欲望から蜜があふれ出していた。それが泰生の手にこぼれ、まみれていくのを見て体が熱くなる。

泰生の手が汚れてしまう……。

「ぁ、やっ…泰…せっ」

泰生の手の上に被せるように自分の手を乗せた。正確には、蜜をこぼす自分の欲望にだ。

「なぁにやってんだ。ジャマだぞ」

「あ、あぅっ、だって」

「っ…ぅ、だって、何だよ?」

「汚れちゃう、泰生の手が、おれの…おれので、汚れ——ぅんん……っ」

泰生の手の動きが速くなる。自分の欲望から蜜がこぼれ落ちないようにと伸ばした手は、泰生からジャマだと押しのけられてしまった。

「今のは地味にきたな。おまえ、たまにとんでもねぇこと口にするよな」

「ぁんっ……ん、んっ、ゃあ……ぁ、ダメ…ぇっ」

「ん、おれもちょっと限界。最初は一緒にな。好きだろ?」

「ぅん、ん、好き…ぃ」

泰生の手が下にずれると形の違う欲望がふたつ頭を見せる。泰生の手が上がると蜜でしとどにぬれた自らのしげみがあらわになる。交互にそれが潤の目の前に晒《さら》されることがたまらなく恥ずかしくて、たまらなく興奮した。

後ろ手で体を支えていた腕はぶるぶると震え、もう限界に来ていた。とうとうがくりと肘が折れたとき、テーブルに倒れようとした潤を泰生が長い腕で抱きとめてくれた。

抱き合ったまま擦り合わされる泰生の欲望はさらに熱さを増し、質量を大きくする。それを潤は自分の欲望でまざまざと感じ取った。

「ひっ…ん――――…」

「っ…くっ」

泰生の手がきつく欲望を握り込んだ瞬間、ふたつの欲望から吐き出された精が泰生の手で受け止められた。指の間からこぼれ落ちてくる精が、潤の下肢をぬらしていく。

「っは…はぁ……はっ……」

「一回いったくらいで何バテてんだよ？　これからが本番じゃねぇか」

泰生の肩に額を押しつけてぐったりする潤の復活をしばらく待ってくれていたが、途中で諦めたらしい恋人は仕方ないとため息をついた。汚れた手を自らの脱いだシャツで拭うと、潤を軽々と抱き上げて歩き出す。

「泰生っ、歩けます。そこまでバテてませんっ」

「いいから抱かれてろ。それで、さっき潤は何がしたいって言ったんだったか？」

訊ねられ、潤は首を傾げる。

先ほど自分は何をしたいと願ったか。

「あ、もしかして明るいのは嫌だとかご飯食べたいとか言ったことですか？　あとは、お風呂に入りたいとか」

「それそれ。明るいのはもういいな？　外はすっかり暗くなってるし」

泰生はいけしゃあしゃあと言う。

確かに、先ほどまでは夕焼けの風景を見せていた窓も今は夜景を映し出しているが、潤が言いたかったのはそういうことではなかったのに。

「メシはあとで食わせてやる。おれは今潤が食いたいんだ。ちょっとぐらい我慢しろ」

「泰……っ」

「十九歳になった潤はどんな味がするのか、楽しみだぜ」

泰生のセリフに顔が真っ赤になった。外国で仕事をしているせいか、泰生はたまにこんな臆面もないことを言う。いやそれとも、潤がこうして動揺するのを見たいがために口にするのか。

泰生は根っからの意地悪だから……。

「んじゃ、あとは風呂だな。今はとりあえずシャワーでいいだろ」

行儀悪く足でバスルームの扉を開くと、ようやく潤を床に下ろした。

「ほら、脱げ脱げ。お湯出すぞ」

あっという間に裸になった泰生が、潤のシャツを引っ張ってくる。シャワーコックに手を伸ばすのを見て、潤はシャツのボタンを急いで外した。泰生によって腕からシャツが抜き取られたとき、頭からシャワーが落ちてくる。

「っわ……」

ぬるい湯はすぐに熱い温度へ上がったが、いきなり降って来たシャワーに潤は首をすくめた。

けれど、すぐに重要な問題を思い出す。

「泰生っ。待ってください。指輪、指輪を外さなきゃっ」

せっかくもらったリングを湯や石けんに触れさせたら大変だ。

慌てて脱衣スペースに戻ろうとする潤の腹に泰生の腕が回った。勢いよく出て行こうとしていたから、腹に泰生の腕が食い込んで口から変な声が出た。

「もっ、泰生っ」

それが恥ずかしくて潤は怒ったふりをして振り返る。

「マリッジリングは指につけっぱなしだぜ、そういう風に作られてんだ。いちいち手を洗うたびに外してたら失くすだろ。それに、リングはプラチナ製だから日常生活を送っていて変質することはほとんどねぇよ、心配すんな」

「そう…なんだ。よかった」

ほっと安心して薬指のリングを見る。

このきれいな輝きが鈍《にぶ》くなったりするのは悲しいから本当によかった……。

「わかったなら目をつぶれ。シャンプーするぞ」

潤の頭に大きな手が触れ、湯がかけられていく。

どうやら泰生が洗ってくれるようだ。こういう時の泰生は本当にかいがいしい。

大きな手で洗ってくれたあと泡が丁寧に流されていくのを感じてそっと目を開けると、真剣に潤の頭を見下ろす泰生の眼差しを見つけた。いつもは鋭さと甘さという両極を内包する不思議な黒瞳だが、今のそれはやけに温かみのある光を浮かべている。

泰生が潤の眼差しに気付いたように視線を動かしたので、慌てて俯いた。くすぐったい気持ちで髪から流れ落ちる湯の軌跡を眺めた。

「潤、両手を出せよ」

促されて両手を泰生の前に差し出すと、ボディソープがたらされる。いや、ジェル状の泡立たないタイプだからボディジェルか。

「え、え?」

「洗いっこしようぜ」

言い終わると同時に、泰生が潤の体にボディジェルにまみれた手をなすりつけてきた。

「ひゃ…ぁっ、あ、ちょっと待って…やめっ…あ、ぁ、泰生、どこ触ってるんですかっ」

「だから洗いっこだって。ほら、おまえもおれの体を洗えよ」

泰生の手が潤の体の隅々まで這い回った。

くすぐったくて、気持ち悪くて、気持ちよくて、なぜだか全身に鳥肌が立ってしまう。まるで前戯のさいに体がざわざわする感じに似ていて、ちょっと恥ずかしい。それを気にしないふりで潤も泰生の体にジェルをぬりつけていくが、途中でもっといい方法があるのに気付いた。

「潤?」

それを実行するべく、泰生に抱きつく。

「洗いっこですよね?」

泰生の広い背中に手を回してそこをジェルまみれにしていくが、泰生の前面も洗えるやり方を思いついたのだ。泰生によって潤の体はすでにジェルがぬりつけられていたが、それゆえに自分が抱きつくことで泰生も一緒にジェルにまみれるという画期的な方法だ。

泰生の肌に自分のジェルをぬりつけようと体を左右に動かさなければいけないが、次第に楽しくなってきた潤を、しかし泰生が慌てたように止めた。

「ちょっと待て、それはヤバイ。その動きはマジにエロいから。意図してなかったから、ちょっとおれの良心が痛む」

「え？」

きょとんと見上げると、滅多に動揺しない泰生が気まずげに視線を逸らしてしまった。

「あー、別におれは行ったことないからな。そんな場所には近寄ったこともないけど映像では見たことがある。話を聞いたこともあるし」

「あの、だから何の話…ですか？」

「…ま、いい。わからないならいい。そうだな、風俗などおまえは一生知らないままでいろ」

ぶつぶつと口の中で呟いた泰生の声を聞き逃して潤は問い返すが、恋人はもう口にしてはくれなかった。それよりと、雰囲気を変えるように咳払いしたあと、今度は泰生の方から潤に抱きついてくる。

「んー、なるほど。確かに楽しくなるな。ほら、おまえも。さっきのをやれよ」

「え？　ふ……あ、ちょっと待ってくださいって、や、あははっ」

ジェルをぬりたくっているのか、それとも潤をくすぐっているのか。

泰生の手がこそばゆくて身をよじらせるが、防戦一方ではきっといつもの結末になるだろう。

だから、ここはちょっと頑張って自分も泰生の体をくすぐるようにジェルにまみれた手をぬりつけていった。効果はてきめんだ。

「っ、おぃっ。変な風に触るな、触るならもっと強く触れ」

「ふふ、嫌です。泰生も時には困るといいんですっ」

「言いやがったな、絶対泣かせてやる」

「やっ、やぁ…っ……ぁ、っあ、っあ」

泰生が本気になったせいか、潤はあっという間に負けに転じてしまった。くすぐるだけではなくセクシャルな動きまで加えられたら、抵抗さえ難しくなる。腕から逃れようとしゃがみ込んで背中を向けても、泰生は長いリーチをいかして後ろから潤の肌をくすぐってくる。いや、もうその動きは官能的なマッサージに近かった。

「ん、ん……ふ、ぁうっ、いやっ、やぁっ」

くるくると、ぬめる指が潤の胸の辺りで回転している。もう片方の手が下肢に落ちていくのを潤は必死で止めるが、泰生は潤の手をかいくぐって欲望を握りしめた。

「ぁうっ……っ…ぁ……あぁっ」

「丁寧に洗ってやる、おっと、奥もな」

「ゃだ、やだ…っひ、ぁああっ」

二度、三度と潤の屹立にジェルをぬりたくっていたかと思うと、するりとその奥へと泰生の指が入り込んでしまった。触れたのは最奥だ。

「ごめん…っさい、ごめ…んなさ……、もっ…言わないから」

「今さら遅ーい」

「ひ…ぅうんっ、や、やっ、待っ……、入れないっ……でぇ」

潤の悲鳴もむなしく、泰生のぬめった指は秘所から内部へと侵入してきた。ジェルのせいで、何の抵抗もなく入り込んだ異物に、潤はバスルームの床に爪を立てる。中で指を動かされると、体の力が抜けていくようだ。

「ん、んん……ぁ、しない…で、恐…ぃ……」

「刺激の少ないオーガニックのジェルだから心配ない、って、んなことを心配してんじゃないのか。気持ちいいから怖いって？」

「ぁ、あっ、やぅ……ぁ」

苦笑して泰生は優しい声をこぼしているが、潤の秘所を開こうとする指は容赦なかった。二本、三本と増やされていく指は、潤の感じるところを押して擦り、抉っていく。内部に入れたまま指を開かれると、苦しいような感じがして涙がこぼれた。

「ぁ……やぁん、あん、ぁう……うんっ」

それでも、潤の声は甘えたネコのようだった。自分の喉から発せられているのが信じられないほど甘ったるい嬌声に、羞恥に体中が熱くなる。

「っ…、その声は反則だよな」

「ん、んんっ…ぁ、泰…生っ」

「こんなエロガキに毎回引きずられるって、っ…ぅ……ほんと情けねぇっ」

泰生の呟きはまるで怒っているようだった。それとも、体の中で逆巻く欲望をこらえるために強い口調になるのか。

潤の秘所から指が引き抜かれ、止められていたシャワーが再び頭上から降って来た。体のジェルが洗い流されていくが、今の潤にとっては熱いシャワーが肌の上で弾ける刺激にさえ体が快感で震えた。

「っ…ぅ、んーん…っふ」

小さな喘ぎ声さえもらしながらすぎる愉悦を逃がしていると、泰生の手が潤の体勢を変えた。バスタブの縁に手をつかされ、後ろから腰を抱かれる。床についた膝はぶるぶる震えていた。

泰生の熱が秘所に当てられて体が揺れたとき。

「ぁ…あ、ぁ、ぁ――…」

ゆっくりと熱の塊が押し入ってくる。先ほど十分に解されたせいか、いつも以上にスムーズに挿入された。内側から開かれていく感覚は、それでもやはりきつい。

「っ……ふ、っ…ぅ……」

奥まで入り込んだ怒張の脈打つさまが体の中で感じ取れることに、潤は息をわななかせる。

潤が落ち着くのを待ってくれているのか、後ろから背中や腕をさすってくれる。腰や腿まで触れられると、今度は違う感覚がざわざわとわき上がるから困るのだけど。

「膝、痛いか？」

震える足に気付かれ、泰生の手が床についた潤の膝に触れた。少し心配げな声に、潤は首を振る。そんな自分の動きにさえ体が騒めくようで、皮ふの上を鳥肌が駆け抜けていった。

「っ……、力が…入らないから」

「なるほど。くにゃくにゃだな、今のおまえは。中もとろとろだし。んじゃ、そろそろ動いてもよさそうだな」

「あっ……あ…ぁうっ、んんんっ」

屹立が動き始めた。ゆっくりと引き出され、奥へ押し込まれるのもゆっくりだ。焦れったいほどのスピードだが、十分に蕩かされた秘所では少しの刺激も何倍もの快感にふくらんで潤を襲ってくる。まるでむき出しの神経をやすりで擦られているようだ。

「ふっ…ぁ、ん、んっ」

腰が押しつけられるたびに深部が抉られていく。張った先端で熟れた粘膜をすり上げられ、熱が生まれると同時に鋭い快感が突き上げてくる。

泰生の動きはいつの間にか力強いものへと移行しており、潤の体はなだれ込む快感に何度も大きく跳ねた。バスタブの縁を必死に握りしめていても、押し入れる力が激しくて、引きずり出す力が強くて、何度も泰生の動きに引っ張られかける。

「ん……っん――ゃうっ」

泰生の手がするりと潤の胸に移動してきた。芯が入った尖りを捏ねられて、潤はたまらず背中をくねらせる。指でつままれてしまい、わななく唇から嬌声がこぼれ落ちた。

「こーら……っ、しっかり膝を立ててろ」

くずおれそうになる膝を叱咤するためにか腿を軽く叩かれ、潤はびくりと体をすくませる。

「っ……いきなり締めん…なっ」

「んーんっ、あ、あっ、あぁっ」

バスタブの縁に額をつけたまま、潤は何度も首を振った。

知らない。

自分が何かしているわけじゃない。

体が勝手に動いてしまうのだ。

泰生の熱に侵《おか》されて、自分の体が意志と切り離されている感じがした。泰生の熱塊がさらに質量を増して開かれる感覚は苦しいほどなのに、体は快感に喜びむせている。ぎゅうぎゅうと泰生の欲望に絡みつき、さらに奥へと誘引しようとする恥知らずな体など、自分は知らない。

「ひ…ぃんっ、ぁうっ、や、やぁ――…っ」

背中に泰生の唇が落ちてくる。時にじりっと痛みが走るのは肌を吸われているからか。胸をさまよう不埒《ふらち》な手と共に、潤の体をさらに熱くしていった。

そのまま激しく腰を突き上げられるともうダメだった。

腰の奥でとぐろを巻いていた快感が一気に背筋を駆け上っていく。頭の天辺までたどり着くとぱちぱちと火花となって弾け、潤の視界さえ白くぼやかしていった。

腿が震え、とうとう膝がくずおれる。泰生が抱きとめてくれたが、潤は無意識のままに体の向きを整えようとした。猛りを受け入れやすいように、快感を感じやすいように、と。

「あぅ……ん、あぁっ」

背後から聞こえる泰生の荒い息は愛おしいのに、自分の欲情する声は恥ずかしくてたまらない。けれど、激しい呼吸のために唇を噛めなかった。どころか深く繋がったまま腰を動かされて、ひときわ高い声を上げてしまう。

「っ、ぁああっ……ぅん——…っ」

甘美な愉悦にたゆたう余裕はもうなかった。激しくてきつい突き上げに、潤はあっという間に高みへと駆け上がる。

願わくは今度も泰生と一緒にその時を迎えられたら——。

「あー……ヤバイ。蕩けそ……」

呟きと共に、律動がさらに速さを増した。泰生の穿ちがきつくなり、重さを伴う。潤が体をくねらせるたびに、それはさらに顕著になっていった。

潤の深部に突き刺さってくる灼熱の塊は内部から潤を灼き尽くすつもりか。奥に硬い先端がめり込むたびに、じゅっと肉壁が蕩ける音が聞こえる気がする。

泰生に壊される――その感覚に肌があわ立ち、甘い戦慄《せんりつ》に体がわなないた。

「っん、ん、ぁ………」

潤は必死に終わりを願っていた。

壊されたい、恐い、壊されたい――泰生にグチャグチャにされ続けるうちに自分がおかしくなったのかもしれない。

「壊し…てっ」

「っ…、こっ…の、バカっ」

白く色が変わるほど強くバスタブの縁を握りしめる潤の手を、上から泰生が握り込んでくる。カツ、カツ、と何かがぶつかる小さな音に顔を上げると、霞む視界に泰生の指にはめられた銀色のリングを見つけた。潤の指の間に滑り込ませるように泰生が手を密着させたからすぐに音は聞こえなくなったけれど、触れ合っているふたつのリングにふっと唇が震えた。

「っ……ん…んんっ――…」

「く…ぅ……っ」

その瞬間、潤は声も出せずに熱を吐き出していた。一緒に泰生が絶頂を迎えたのを感じ取ったせつな――カチン、と指先で二人を祝福するようにリングが鳴いた気がした。

「バイト代は何に使うんだ？」

バスルームで散々むさぼられたあと、今度はベッドに連れ込まれてしまった潤だが、日付が変わる前に何とかバースデイディナーにありつくことが出来た。

しかし、情事後の疲労のために少し行儀が悪いがソファにもたれながらの食事だ。いや、とてもあのダイニングでは食事を取れなかった。しばらくはきっとムリだろう。

「たいした金額じゃないので、まだはっきり決めてないんですが」

バイト代は来週店に取りにいくことになっているが、一週間にも満たないバイトでもらえる金額はわずかだ。それでも、初めて自分で働いて得た給料は貴重な感じがする。

だから、本当は使い道の候補も幾つか上がっていた。

その有力案は――。

「出来れば、泰生にもらって欲しいです」

自分が初めて稼いだ給料だからこそ泰生にもらって欲しかった。

それ以前に、生活費から何から泰生におんぶに抱っこの今の状況を潤はやはり心苦しく思っていた。一度のウォーキングで莫大な金額を稼ぐ泰生にとっては潤のバイト代などは微々たるものでしかないだろうけれど。

潤が言うと、泰生の黒瞳が緩んだ。顔が近付いてきて、潤の唇に優しいキスを残すと、また離れていく。しかし返事は、潤が思っていたものとは正反対だった。

「その気持ちだけもらっておくわ」

「でも……」

「せっかく自分で稼いだんだ、納得いくまで考えてから結論を出せよ。それでもおれにって言うんなら、その時はありがたくもらうから」

泰生の返事に潤はホッとするが、セリフにはさらに続きがあった。

「おまえは気付いてないだろうが、これでも潤には色々もらってんだぜ？　だから、今さら金まで巻き上げようなんて思えないんだよ」

小さなマカロンを潤の口へ押し込んでくる泰生に、目を白黒させる。

じんわりと温かくなる胸に潤は急いで口の中のマカロンを飲み下すと、今度は自分から泰生にキスをするべく伸び上がった。

END

イジワルなおしおき

日が長くなったな……。

十八時半をすぎてもまだ明るい空を見上げて、潤《じゅん》は足早に通りを歩いて行く。

泰生《たいせい》との約束まで時間を潰すために入った図書館で思いのほか読書に熱中してしまい、ふと覗《のぞ》き込んだ腕時計は思わぬ時間を差していた。慌てて飛び出してきたけれど、ここまでずっと急いできたおかげで何とか間に合いそうだ。

「よかった……」

下町の雰囲気が強い商店街に入って、潤はようやく歩調を少し緩《ゆる》めた。

恋人である泰生は世界で活躍するトップモデルだ。これまで海外を飛び回ってばかりだったが、最近はスケジュールを調整しているようで日本でわりとのんびりとした毎日を送っている。もちろん日本にいても仕事は入るが、夜には泰生が部屋に帰って来るという日々に、潤は密かに喜んでいた。

泰生曰く、感性を養うために仕事をしない期間も大切とのことで、そういえば昨年泰生と出会って色んな場所へ連れ回されたのもこの時期だった。毎年、決まった時期に休暇を入れるのかもしれない。

本当にすごい偶然だったんだな。泰生に出会ったのも泰生と交流を深めることが出来たのも。

昨年のあの時期を逃していたら、泰生は世界を飛び回っていて日本で高校生の潤を構う暇などなかっただろう。

そう思うととても感慨深い。

七月にヨーロッパで続くコレクションまではスケジュールも空け気味だそうで、日本でののんびり出来る時間も多いと聞き、潤は浮き立つような気分だった。

それでも今日は、泰生は朝から撮影の仕事が入っていた。

だから、今潤が向かっているのはその撮影が行われているスタジオだ。長引くかもと言われていた撮影だがどうやらスムーズに終わったらしく、先ほど泰生から受付ホールで待つとのメールが入っていた。

「残念だな、泰生の撮影が見られなかった……」

以前はよく泰生の撮影現場へ見学に行っていたけれど、ここしばらくは潤の生活がせわしなくて、そしてそれ以上に泰生と親しいことが潤の不利益に繋《つな》がる事件が幾度かあったせいで、心配した泰生から仕事場への出入りを止められていた。

だから久しぶりに泰生の撮影を見学出来ると、今日は楽しみにしていたのに……。

本当は今日もずいぶん渋られた。

以前潤がアルバイトをした飲食店に一緒に夕食を食べに行きたいとねだっていたのだが、とある事情のためにずっとお預け状態。ようやく今日ゴーサインが出たのだが、撮影に少し変更があって終了時間がわからなくなったと危うく約束をキャンセルされるところだったのだ。

約束の時間より撮影が長引くならスタジオ内で待つと潤は言ったが泰生は難色を示し、だったら近くのカフェで時間を潰すと打開案を出しても、潤ひとりで長時間カフェに座らせるのはと許してくれない。最終的には、こうしてスタジオ出入りを許してくれたのだけれど。

過保護、なんだよなぁ。

クスリと、潤が小さく笑い声を上げたとき。

「――いいだろ、人がいないってちゃんと確認してんだから」

ふてくされたような声のあと、潤の足元に大量の水が飛んできてぎょっとした。

「わぁっ……」

「げっ」

商店街の一番端に位置する小さな花屋で、今日の商売を終えたらしい店員が花びんの水を外の側溝《そっこう》に捨てたのだ。花びんと言っても円筒のちょっとしたゴミ箱サイズのため、中に入っていた水はけっこうな量だったらしく、その水が歩いていた潤のデニムにかかってしまった。

「すみませんっ、お客さん。ったく、あんたは何やってんだい。だから言っただろう、面倒くさがらずちゃんと裏に捨てなってって」

「ってぇ」

店長らしい中年の女性が奥から飛んできて、若い男の店員を後ろから殴りつけている。あまりの容赦のなさを見て、店員は女性の息子だと推測出来た。

「本当にごめんなさいねぇ、このタオルを使って。あ、中へどうぞ」

恰幅《かっぷく》のいい女性が腕を掴んで潤を店の中へ引っ張っていこうとする。ちょっと強引だけれど、きっぷのいい様子に嫌な感じはしなかったが、泰生を待たせていると思うとここであまりのんびりも出来なかった。デニムをどうにかするより今は先を急ぎたい。

「あの、あのっ、大丈夫です。おれ、もう行きます」

だからそっと女性の手から離れて、潤は後ずさる。

「すみません、人と待ち合わせしているので」

「だったらなおさら着替えていかないと。ほら、いらっしゃい。今、息子に替えのズボンを持ってこさせてるから」

「でも、あの、本当に時間がないので。すみませんっ」

圧《お》しの強い女性を説得するなど潤にはとても出来なくて、最後には逃げるように走り出してしまった。動揺《どうよう》がすぎたせいか、泰生が待つスタジオまで走り続けてしまう。

「走ってきたのか？　んな慌てなくてよかったのに」

受付ホールでのんびりソファに座っていた泰生は、肩を上下させる潤を見て微苦笑した。が、すぐに目を眇《すが》める。

「おまえ、デニムがびしょぬれじゃないか」

泰生に言われて改めて見ると、確かに肌に貼りつくほどデニムはびしょぬれだった。なるほど、先ほど女性があんなに引き止めたわけだ。

訳を訊ねてくる泰生に先ほどの出来事を話すと、眉をしかめられてしまった。

「何だ、その花屋。信じらんねぇな。だが、それよりおまえのデニムだ。ちょうどいい、あいつがまだ残っていたはずだ」

泰生が携帯電話で話し出した相手は、潤もよく知っている男だ。

「――そう、今一緒に受付ホールにいる。レディースものでボーイフレンドデニムがあったろ？　あれでいい。どこにって、これからメシ食いに行くんだよ。あぁ？　何でおまえまで…ッチ、わかった。は？　いやトップスは必要ねぇだろ。あーあー、もう好きにしていいから」

電話を切ってしばらくすると、降りてきたエレベーターから長身の男が姿を現した。長めの茶髪《ちゃぱつ》を無造作に後ろで結び、柔らかい端整な容姿にはんなりとした笑顔を浮かべて近付いてくるのは、泰生の仕事仲間で友人でもある八束《やつか》だ。薄いピンクと生成《きな》りのTシャツを重ね着し、ゆるいカーゴパンツをはいているせいもあって、優しいお姉さんといった印象が強いが、決してなよなよしく見えないのはその眼差しが凛《りん》としているせいか。

泰生を通じて知り合った八束は、潤の数少ないメル友でもある。

「潤くん、改めて――大学入学おめでとう」

両手を広げてまるで潤を抱きしめるように近付いてきた八束を、横から伸ばした長い足一本で泰生が止める。ジャマをされたと八束は一瞬嫌な顔をしたが、すぐに表情を改めて潤に笑いかけてきた。

「もう制服を着る機会がないと思うと本当に残念だよ。あの制服はとても似合ってたからね、君からもらった制服姿の写メは一生の宝物だ。あ、もちろん君のプライベートファッションも好きだよ。最近、泰生カラーが強くてちょっとあれだけど」

「た、泰生カラー？」

「そう。でもぼくは、もっと君のいい雰囲気が引き出せるような服を着て欲しいと思うんだ。今のそれもおおかた泰生が買ったものだろうけど、こんなシャープな襟《えり》は潤くんにはどうかな。泰生が買ったものだからってムリに着なくてもいいんだよ？　ぼくがいくらでもプレゼントしてあげる。君のためにぼくはデザインしてるんだからね」

「おい、八束」

「あ、だったらさ。今度は制服っぽいテイストのデザインを考えてみようかな。うん、イギリス辺りのパブリックスクール風でさ――」

潤の前で、しかし潤や泰生の存在を忘れたように熱く語る八束は、スタイリスト兼デザイナーだ。最近は特にデザイナーとして忙しいらしく、スタイリストの仕事は泰生が絡んだ仕事以外は引き受けていないという。大人の男が着るラグジュアリーなデザインに定評がある八束だが、最近発表されている若者向けのファッションも人気が高いことを泰生から聞いていた。後者のデザインは潤をイメージモデルとしているために、八束は潤を前にするとこうしてヒートアップすることが多々ある。

「いい加減にしろ、八束」

そんな八束を正気付かせるためにか後ろから泰生が回し蹴《げ》りした。もちろんほんの軽くだが、不意を突かれたせいか八束は前につんのめりそうになっている。

「何するんだよ、泰生っ」

「それはおれのセリフだろ、潤の制服姿の写メなんかいつの間にもらってんだ」

ええ～、突っ込むのはそこ？

泰生のセリフに潤は目をむいた。

普段は自分こそが相手を振り回すような飄々《ひょうひょう》としたところがある泰生だが、学生時代からの友人である八束が相手だと泰生の方が乗せられてしまうこともあった。八束と舌戦を繰り広げている泰生は珍しく年相応な顔を見せており、その内容はさておき少し楽しそうだ。

「それより潤くんだよ、水かけられたって？　本当だ、びっしょりだね。んん、ウエストのサイズは変わってない？　少し痩《や》せたかな、ベルトで締めれば問題ないよね」

肩に提《さ》げていた紙袋からデニムを取り出す八束に、潤は慌てて泰生を見る。

「もう買い取る約束をしたから、ぬれたデニムの代わりに着替えて来い」

「いいですよ。乾きます、ただの水なんですから」

潤は大きく手を振るが、泰生はもう決めたと譲《ゆず》らなかった。

「いいから、行ってこいよ」

「そうだよ、そのままじゃ外歩けないよ。これね、さっきちょうど泰生に見せたものなんだ、潤くんに似合いそうでしょって。結局撮影では出番なかったけどね。レディースものだけど今は男でもはいてる人いるし、何しろ潤くんには似合うからいいよね？　さ、フィッティングルームに案内するよ。大丈夫、このデニムに似合うトップスもちゃんと持ってきてるから」

八束も一緒になって言い聞かせてくるが、説得の方向性はちょっとずれている気がする。

「ぼく、今日は昼を抜いたからお腹ぺこぺこなんだよ、早く着替えてご飯に行こう？」

今日の夕食は八束も一緒なのかと聞いてない話に目を瞬《しばたた》かせると、隣で泰生が肩をすくめた。

「この服を用意する交換条件にさっきのまされたんだよ」

「ひどいよね、泰生って。今の今まで潤くんとご飯に行くことを隠してたんだよ。潤くんフリークのぼくに内緒にしようだなんてさ。でも、今日はよろしくね。久しぶりに潤くんとゆっくり話が出来ると思うと嬉しいよ」

喜色《きしょく》をたたえる八束に、潤も久しぶりに年上の友人とご飯を食べるのが楽しみになる。が、八束から毎度おなじみの好意を向けられてちょっとだけ困った。

こんなかっこいい八束が自分を好きだと公言してはばからないのは、世界の七不思議に入るのではないかと潤は常々思っている。泰生と付き合っていることを知っているのに、そんな潤こそが好きだと口にするのだから、八束は本当に不思議な人だった。

「くしゅっ……」

当惑した思いで八束を見ていたが、はやばやと入れられていた冷房の風を感じて小さなクシャミが出てしまった。とたん、目の前の二人のしゃべりがぴたりと止まる。

「いいから潤はさっさと着替えてこいっ」

潤は渡された服を抱えて慌てて歩き出した。


「いらっしゃいませ」

つい半月ほど前まで自分が立っていた場所——自然食レストラン『然《ねん》』に、客として訪れるのは何だか不思議な気がした。

「へぇ、洒落《しゃれ》た店だね。潤くんはこんな店でギャルソンをしてたんだ？」

八束に訊ねられて潤は曖昧に頷く。

こんなお洒落な店だったろうか。

夜のシフトには入ったことがなかったため、働いているスタッフも見たことない人ばかりだ。トップモデルの泰生やそんな泰生と対をなすような美形の八束を前にしても、一瞬動揺を見せただけですぐに表情を引き締めた男性ギャルソンのプロ意識に、潤は感嘆《かんたん》の息をもらした。前に、泰生の来店に舞い上がって大騒ぎした昼間のギャルソンたちとはずいぶん違う。

もしかして、こういうのが本物なのかもしれない。

半月ほど前、ほんの五日間だけアルバイトをして、最後には何だかやり遂《と》げた感を覚えた潤だが、本物のギャルソンを目の前にして自分の働きは半分にも満たなかったのではないかとちょっとだけ残念な気持ちになる。

半オープンとなっている厨房前の長いカウンターやこぢんまりとしたホールが少し変わった間接照明で照らし出されているせいか、昼間の明るい感じとはうって変わって大人の秘密基地めいた雰囲気に仕上がっており、初めての店に訪れたようなよそよそしさを感じてしまった。

「何だか、違うお店みたいです」

口にした声が寂しげなものになってしまったことが恥ずかしい。泰生にはちらりと視線を寄越されたが、八束は気付かなかったようでまだホール内を見回していた。

「――いらっしゃいませ」

オーダーを取りに来たのは潤の友人で、スタッフとして働いている大山《おおやま》だ。ガタイがいいせいか白シャツに黒のズボン、タブリエエプロンといったギャルソンの制服がとても映える。自分もこの制服を着ていたのに、大山が着るとぜんぜん違うものに見えて不思議だ。

「いつ来るかと思ってたぜ」

大山のセリフに、潤は苦笑いする。

本当ならもっと早くに店を訪れるはずだったが、アルバイト中に潤を困らせた店のスタッフの宇田川《うたがわ》がいる限りは出入り禁止だと泰生から厳しく言われてしまい、近付くことさえ出来なかったのだ。大山から問題の宇田川が辞めたことを聞いて、今日ようやく店を訪れることが出来ていた。何でも、複数の客に手をつけて問題になったらしい。あいかわらず同じことをしていたんだなと、潤も少し呆れた話だ。

「こちら、本日のメニューです」

初見の八束に小さく目礼をして、泰生はことさら無視し、大山は潤だけを見下ろしてくる。

「ごめんね。忙しいのにわざわざ大山くんに来てもらって」

知っている顔に出会ってようやく潤はホッとした気分になったのだが。

「いや、このテーブルをめぐって裏でギャルソンたちが大騒ぎしているから、知り合いのおれがつくことになったんだ。橋本《はしもと》に今日のおすすめを知らせてこいって、チーフシェフから伝言も預かってきたし」

「えっ」

振り返ると、厨房《ちゅうぼう》の奥で潤の視線に幾つか挨拶を返すように手が上がった。

何だ、しり込むことなんてなかったんだ……。

店の洒落た雰囲気にのまれかけていたが、落ち着いて見ると自分がアルバイトしていたときと何ら変わらないことに気付いて、ようやく肩から力が抜けていく。

「今日のおすすめって何かな。夜に来たことなかったから何が美味しいかわからないんだ」

大山に相談すると、慣れているのか彼はてきぱきとおすすめのメニューを教えてくれた。いつもと同じつっけんどんな物言いだが、誰かに言われたのかそれとも自分なりに気をつけているのか、声の響きはいつもよりずいぶん柔らかめだ。

「ではご注文を繰り返します。筍《たけのこ》とチキンのホットサラダ、初夏の山羊《やぎ》チーズ盛り合わせ、上り鰹《かつお》のたたき、牛頬肉《ぎゅうほほにく》と新ゴボウの香りパスタ、季節野菜のフリカッセ。以上でよろしいですか？」

きびきびとした気持ちのいい所作《しょさ》でテーブルを去っていく大山の姿に、泰生が面白くなさそうに鼻を鳴らしている。が、八束は感心して大山を眺めていた。

「潤くんの友だちはかっこいいね、ちょっと強面《こわもて》の硬派な感じで。でもまだ同年代の女の子には怖がられるかな」

「はい。女の子はなかなか声をかけられないみたいだけど、本当はすごくモテるんですよ」

理屈が通らなかったり曖昧《あいまい》な態度を取ったりするとばっさり切り捨てるような大山を恐れる女の子も多いが、それ以上に熱い視線を送っている子は多い。大人しい潤を介して大山に近付こうとする女の子もいるくらいだ。

「でも、潤くんもモテるよね。だから、そんなものを指に光らせてるんだろ？　ヤキモチ焼きのダンナを持つと大変だ。虫除けにいかにも本気です、みたいなリングをはめさせられるんだから」

八束の長い指が潤の左手を差す。潤はあっとリングのはまった薬指を右手で覆《おお》った。誕生日に泰生からもらったマリッジリングだ。

八束さんはよく見てるな……。

今まで何も言わなかったから気付いてないと思っていたのに。

「ふぅん、でも潤くんは嬉しそうだね」

指の下でリングに触れながら頬を染める潤を見て、八束がすっと目を細める。潤の隣に座る泰生は何も言わないが、唇は満足げに引き上がっていた。

「ま、いいけど。そんなものがあろうとなかろうと、ぼくには何の障害にもならないよ」

「言ってろ。つぅか、障害以前の問題だろ」

また始まってしまった……。

けれど、こうやって潤をいじることで泰生と八束がコミュニケーションを図っているところがある気がして、二人が刺々しいアイコンタクトを交わしている様子を潤はほんの少し悔しく眺めた。二人に言うと、きっと目をむいて否定されるだろうが。

「へぇ、美味いな。これ――」

「はいっ。こんな料理が作れるなんてここのシェフは本当にすごいです。見習いたいですっ」

最初に届いたドリンクで乾杯を交わし、次々とテーブルに並んでいく料理に舌鼓を打つ。アルバイト中、まかないを食べさせてもらったときもその美味しさには感動したけれど、客として提供される料理はまたさらに別格だ。

潤はたまらず唸《うな》ったが、泰生も珍しく素直に感嘆の声を上げている。

「そっか、潤くんは料理をするんだったね。最近は何を作った？　得意料理は何だっけ」

「聞いて下さい、八束さん。最近レパートリーもちょっと増えたんですよ。肉じゃがの他にカレーやシチューもよく作るんです。八束さんも今度ぜひ食べに来て下さい！」

「へぇ、すごいね。ぼくはシチュー大好きなんだよ」

勢い込んで話す潤に八束も興味深げに身を乗り出してきた。が、隣の泰生は苦虫を嚙みつぶしたような顔を作っている。

「八束。おまえ、今言われたメニューで気付けよ。肉じゃがもカレーもシチューも、まったく同じ材料しか使わないってこと。でもって途中まで作り方がまったく同じなんだよ。その程度しかこいつの料理の腕は進歩してないんだって」

「泰生っ」

内情を暴《あば》かれて、潤は慌てる。

「進歩してますよ。この前はミモザサラダだって作ったじゃないですか」

「あー、電子レンジを爆発させたヤツな」

恥ずかしい事件を暴露され、潤はぐっとつまる。

「あれは……だって、ゆで卵を作るのを忘れてたから慌てて……」

「忘れる、ねぇ」

「りょ…料理は難しいんですよ。一度に色んな工程を同時進行でやらなきゃいけないからっ」

「逆ギレすんな、ばぁか」

泰生に笑われて潤は唇をもごもごさせる。じっとり泰生を睨《にら》みつけていると、向かいの八束から深々とため息をつかれた。

「うわぁ、新婚さんな会話」

いささか冷たすぎる口調での突っ込みに、潤は耳まで顔を赤くする。

「新婚だからな」

泰生からは得意顔を返されて、八束がむくれたように顔を背けた。

「あれ——」

その八束が、何かに気付いたように声を上げた。視線の先にはカウンターに座る男がいた。ちょうど席に着いたばかりのようで、周囲を見回していた男の視線が八束を捉える。

「八束?」

中背にやせ気味の男はふんわりとした繊細な美貌に驚いた表情をのせると、潤たちのテーブルに近付いてきた。

「やっぱり浅香だ。驚いた、忙しい浅香がこの時間にウロウロしてるなんて奇跡じゃないか」

「ウロウロって何だ、おれは動物じゃないだろ。今日は休みで、ここ、家が近所なんだよ。八束こそこんなマニアックな店をよく見つけたな。あれ、もしかして『タイセイ』か？　どうりで、妙に店が騒《ざわ》ついてると思ったぜ」

八束とはまた違った方向で美人と呼べるような男だったから、その乱暴な物言いには驚いた。

「誰だ、あんた」

が、初対面で変な感じに名前を呼ばれた泰生は不機嫌そうに男を睨みつける。八束の知り合いだろうと関係ない。潤はハラハラするが、浅香と呼ばれた男はふふんと鼻で笑った。

「あのちびっ子がこんなに成長するとは思わなかったぜ。あの時から生意気ではあったけど」

「あ？」

「泰生、そんなに尖るなって。こいつは浅香、ぼくと同級でおまえの先輩だよ。覚えてないか？　ぼくが生徒会長をしていたときに生徒会にいたんだけど」

若く見えるが、八束と同級と言うことは二十九歳ぐらいか。

八束の話に潤はまじまじと浅香を見る。が、泰生は鼻の上に盛大にシワを寄せた。

「ムカつくと思ったぜ、八束の知り合いにはろくなヤツがいない。あんたたちの年代は、そういえばクセの強すぎる人間ばっか揃ってたよな。あの年の高等部の生徒会は、悪の巣窟《そうくつ》って有名だったらしいし」

「その悪の巣窟におまえはひとりで乗り込んできたんだよな。小学生のくせに堂々とオレたちにメンチ切りやがった。たいしたヤツだと思ったぜ、将来絶対何かやらかすヤツだって」

挑発に微妙なほめ言葉を返されたせいか、泰生が気勢を削がれたように瞠目《どうもく》した。それを、八束がにやにやと見守っている。

今の浅香の話は、以前八束から聞かせてもらったものだろう。初等部と高等部のイベントが重なったせいで学校の講堂の権利をめぐって、初等部の児童会長をしていた泰生と高等部の生徒会長をしていた八束たちが大バトルをやらかした、という。

その現場にいた人の別の角度から見た話はなかなかに興味深い。

「それに、おまえが高等部のときはオレたちみたいに集団じゃなくてひとりで伝説を作ったんだろ。イベントのたんびに何かやらかして、今でも『タイセイ』はあの学校の語りぐさになってるらしいな」

「何のことだよ」

「隠すな隠すな。学校には何度かイベントで呼ばれてるから先生たちに聞かされてんだよ。おまえが在学中の文化祭は毎年女性客が殺到しすぎて警察が交通整理に出て大変だったとか卒業式のときは近場の花屋の花が全部売り切れたとか、あとは——」

そして新たな泰生の昔話には潤もつい目をキラキラさせて聞き入ってしまう。しかし、泰生は未だ警戒の眼差しを緩めていない。トップモデルという立場に引かれて近付いてくる人間が多いせいで人嫌いの気がある泰生だから、浅香を味方と認定していいか見極めているのだろうか。過去の話を暴露されて決まり悪そうな顔を見せる泰生に、とうとう八束が口を出した。

「泰生、浅香の言葉に裏はないから降参した方がいいよ。この浅香は別名『タラシの浅香』って呼ばれてたんだ。昔はもっと見た目女の子だったのに、中身はバリバリの硬派男子でね。しかも世話焼きの親分肌だから、子分になりたがる人間が後を絶たなかったんだ。そのくせ妙に隙があるせいで周りのぼくたちはフラフラ寄って来る虫を退治するのに大変だったんだよ」

「——なるほど」

今の説明で何が「なるほど」なのか。

泰生は肩をすくめて、ドリンクを持ってきた大山のトレーから自分のグラスを取り上げた。

「浅香ってあれか？　フラワーデザイナーの浅香、『スノーグース』の」

「へぇ、おれもずいぶん有名になったな。天下のタイセイに名前を知られてるなんて」

「グラス、持って来いよ。一緒に飲もうぜ」

ようやく警戒を解いたのか、泰生が唇を引き上げた。アクの強い泰生の笑顔に一瞬浅香も見入ったように瞠目したが、すぐに破顔する。

「年下のくせに、何だよこの態度のでかさ」

浅香の呟きに、八束が思わずといった感じで吹き出している。潤も頬が緩みかけたが、泰生の視線を感じて慌てて背筋を伸ばした。

浅香を加えて、再び乾杯を交わしたテーブルはずいぶん賑《にぎ》やかなものになった。

泰生や八束の昔話から業界話、まったく畑違いのフラワー業界の話まで話題は尽きない。人見知りする潤はずっと聞き役だったけれど、とても楽しい時間となった。

「自家製パンチェッタのピクルスソース添えです」

「お、サンキュ」

大山が掲《かか》げてきたプレートを嬉しそうに浅香が受け取る。

「すげぇな、あんた。よくそんなに食べるぜ」

健啖家《けんたんか》らしい浅香はその細い体のどこに入っていくのかと不思議に思うほど気持ちよく料理の皿を空にしていく。それは泰生も驚くものだったらしい。

「燃費が悪いんだ。しかも仕事に熱中するとよく食べるのを忘れるから、普段食べられるときに食べとかないと倒れる」

「へぇ、今って忙しい？　あ、母の日か」

「母の日は終わったばかりだけど、父の日がすぐ控えてるからこの時期はとにかく忙しくて、今日の休みもひと月ぶりぐらいだぜ。この後も一ヶ月くらい休みの見通しが立たない」

「浅香はあいかわらず仕事のしすぎだな。そのうち体を壊すよ？」

八束が呆れたようにため息をついているが、潤はその前の会話が気になった。

「あの、父の日って何ですか」

泰生にこっそり訊ねるつもりで袖《そで》を引いたら、ちょうど間が悪く会話が途切れた瞬間だった。潤の発言に、大人の三人があ然と見つめてくる。その視線が痛くて、俯《うつむ》きたくなった。

「あー、おまえ。勉強ばっかしててそんなの見えなかったのか。もしくはそっち関係は無意識に見ないようにしていたか」

「潤くんってそうなの？」

泰生と八束が話している内容は潤的に何となく気まずい。

図星だからかもしれない。今まで家族に縁が薄かったせいか、勉強にしか意識も関心も向かなかったからか、世間一般のイベントや決まりごとを潤は驚くほど知らない。泰生と出会うまで、誕生日を祝うという感覚さえ知らなかったほどだ。

「母の日は知っています。父の日は、その……」

「そういえば、父の日ってわりと最近メジャーになったよな」

助け船は思わぬところから出た。向かいに座る浅香が、そのきれいな顔ににっと笑顔を浮かべた。繊細な顔がいたずらっ子のそれに早変わりする。

「おれも潤くんくらいのときは父の日なんか思い出しもしなかったな。父の日ってのは、六月の第三日曜日。実際母の日ほどメジャーじゃないんだよな、花の注文が増えたのもここ最近の話だし」

「父の日も花を贈るんですか？」

男なのに、花？

首を傾げる潤に、浅香は身を乗り出してきた。

「男だからこそって思ってもらうといい。今は花の種類も多くなって花の色もピンクやオレンジばかりじゃないんだ。紫とかグリーン、茶色とかもあるんだぜ。要するに、自分らしい花をプレゼントしてもらえば男だって嬉しいだろ」

「けど、一般的に父の日はバラだろ？」

浅香のうんちくに泰生が興味を引かれたように訊ねている。

「シンボルとしてはな。お客さまからバラの花をってリクエストがあれば入れるようにするけど、囚われすぎる必要はないだろ。お客さまの、父への愛情が伝わればいいんだから」

そうか。

父の日か。花か。

潤にも父がいる。最近、ようやく親子らしい会話をするようになった厳格で不器用な父だ。潤を心配してバイト先まで様子を見にきてくれるような父に、自分も日頃の感謝と愛情を伝えられたらと父の日について潤も真剣に考えた。

「潤も浅香にお願いすればいいいんじゃね？　どうせ、知ったからにはオトーサマに何かせずにはいられないんだろ」

「泰生、でも……」

「いいよ、潤くんだったら大歓迎だ。フラワーアレンジメントにする？　それとも花束？」

忙しいというのに浅香は気軽に引き受けようとしてくれる。けれど、潤は即決を避けた。

「あの……少し考えさせてください。初めて、なんです。父の日に何かを贈ること。父に何を贈れば喜んでくれるか、もっと考えたいんです。その時にもし花を贈りたいと思ったときは、浅香さんにお願い出来ますか？」

浅香の気持ちが嬉しく、それ以上に潤の父への思いをわかってくれる泰生の気持ちが嬉しくて、しぜんはにかんでしまう。

「いいぜ、任せとけ」

浅香は大きく頷いてくれたが。

「――潤くんも何だかんだ言ってタラシだよね。浅香は自分も天然だから効果薄いけど、ぼくはこんな潤くんに出会うたびにグラグラするよ」

「あー、それには不本意ながらおれも同意する」

泰生と八束が自分のことを話しているようだが、あまりほめられている気分はしないと潤は二人の会話に耳をすました。

「あのビルの一階に入ってんのか。へぇ、すげぇな」

潤が浅香にもらった名刺を横からひょいと覗き込んで、泰生が口笛を吹く。

「あそこの三階にある美術館は毎回面白いのを持ってくるよな。夏に開催される一周年イベントも、聞いた話じゃかなり期待出来るものだったし」

「あぁ、そうだ。一周年イベント……」

それまで楽しそうにしていた浅香が、思い出したように肩を落としてしまった。

「浅香の店も何かやるのか？　ビルのオープンと同時に店をスタートさせたんだろ」

「そう。おれも何かやりたいんだけど、忙しくて手が回りそうにないんだ。どうしようかな」

「何かってどの程度のもん？」

「もう三カ月切ってるから大がかりなものはムリだな。準備が間に合わない。でも、いつも来てもらっているお客さまに何か出来たらとは思ってるんだけど」

「花を配るとか？」

泰生と浅香の話に、八束もグラス片手に乗ってくる。

「何かと話題にこと欠かないあのビルでありきたりのことをやっても目立たないんじゃね？」

「別に目立つ必要はないけど、お客さまの心に残るようなものが出来たらって」

「イベント会社にお願いすればいいんじゃないかな。今は結構いいアイディア出してくるよ？」

「お任せしたいわけでもないんだよな、自分で作り上げたいというか」

「わがままだろ、あんた。だったらこういうのはどうだ——」

三人が顔を突き合わせてああだこうだと言い合っている姿は大学で見る学生たちとほとんど変わらなくて、潤は少しおかしくなった。

普段大人っぽい泰生が八束と一緒にいるとき以上に打ち解けて年相応に見える。三人が気の知れた同窓で、しかも何の利害も絡まないからこそなのだろうが、ものすごく貴重な光景に思えて潤は口を挟まず静かに見守った。だが、泰生はそんな潤に困惑顔を向けてくる。

「何ニヤニヤしてんだ？」

ニヤニヤも、していたらしい。

飲み会がお開きとなったのはずいぶん遅い時間になった。

「た、泰生。あの、あのっ、ここまだエレベーターの中――」

「シー、だ。夜も遅いんだぜ。うるさくすんじゃねぇよ、ふさぐぜ？」

「っん……んぅーっ」

泰生のマンションの部屋へ上がるエレベーターの中で、潤は思わぬ襲撃にあっていた。

うわ、やっぱり泰生酔っ払ってる……。

今まで、泰生が飲みすぎるところを潤は見たことがない。

トップモデルであるためにストイックなほど節制を心がけている泰生は、普段は出かけたパーティー先でも度を超えた飲食をしたことがなかった。けれど、今日の食事の席はよほど楽しかったのか、気付けば、泰生は上機嫌で何杯もグラスを重ねていた。

酔っ払うと泰生は朗《ほが》らかになるらしい。普段の人嫌いの気配も引っ込み、隣のテーブルの人たちも巻き込んでずいぶん盛り上がってしまった。八束や浅香がうわばみだったことも泰生の酒が進んだ原因だろう。そういえば、テーブルの上には常時ワインボトルが数本並んでいたか。

潤はひとりシラフだったが、普段目にしない泰生の姿は眼福《がんぷく》だったし大勢の人たちがワイワイと盛り上がる光景に自分こそが楽しめた気がする。テーブルについてくれていたギャルソンの大山も、ここまで店が盛り上がるのは初めて見たと言っていたくらいだ。

帰りのタクシーの中では比較的静かに話していた泰生だが、マンションのエレベーターに乗ってしばらく——じっと潤を見下ろしていたかと思うと突然豹変《ひょうへん》した。

「あー、マズイ。やっぱ酔っ払ってんな。いつも以上におまえが可愛く見える」

キスを解いた泰生だが、いぜん潤を抱きしめたままだ。長い腕でぎゅうぎゅうと抱きしめてくる泰生の熱烈な抱擁に潤は顔が熱くなる。

いつもはちょっと意地悪な愛情表現ばかりする泰生だから、こんなストレートに愛しさを伝えられると嬉しいというより恥ずかしさが先立ってしまう。

「お願いします、ここはダメです。部屋に入ってから——」

そう口にしたとき、軽い振動のあとエレベーターのドアが開いて潤は思わず体が固まる。が、さいわいドアの向こうには誰もいなくてホッとした。

「泰生？　あの、降りましょう？」

「んー。まだ動きたくないわ。おまえ、すげぇ抱き心地いい」

「えぇっ」

わたわたと潤が大いに焦ったとき、エレベーターの扉が閉まりかけて慌てて操作ボタンに手を伸ばした。

「本当にダメです。お願い、部屋がいいです。泰生に抱きしめられるのは部屋の方が安心しますっ」

泰生の背中を叩いて必死に懇願すると、ようやくチッと舌打ちが聞こえて体が離れる。潤の手を引いて廊下を歩いて行く泰生は少しも酔っ払っていないような確かな足取りだ。けれど泰生に引っ張られて玄関に入ると、潤の体はまた泰生に抱きしめられていた。

こんなちぐはぐな行動こそが酔っ払っている証拠なのだろう。

泰生って抱きしめ魔なのかな……。

酒が入ると普段と違う顔を見せる人がいる。今日一緒に飲んだ八束は軽いキス魔だ。潤を口説くテンションはさらに高くなり、隙あらばキスをしかけてこようとした。そのたびに泰生が怖い顔をして八束をはねつけていたが、そういう感じで泰生は抱きしめ魔なのかもしれない。

自分限定なら嬉しいかな……。

髪を優しく撫でつけ、額やこめかみに優しいキスを落としていく泰生に、潤はうっとりと身を任せる。キスは唇にも落ちてきた。

「ふ……ん、んんっ……ぁ……ん」

唇を押しつけ、左右に擦《こす》りつけ合い、ゆるく噛まれる。シャツの中に忍び込んだ手で脇をくすぐられると、首をすくめて体をよじらせたくなった。

「ぁの、泰生？　待って、ここで？　ここでですか？」

次第に手は妖しく肌を這い回り、押しつけられる泰生の体は発熱しているようで、潤は背中に冷や汗が流れていくのを感じた。

「おまえが言ったんだろ。部屋でって」

「それは……っ、ぅんっ、ぁ、あっ、待って」

さらにキスしてこようとする泰生の唇に指先を当てると、その指を泰生が口に含んでしまう。

「――待てない」

間近で見下ろしてくる泰生の黒い瞳は欲情にぬれていた。間接照明の明かりを受けて艶っぽく輝き、潤を官能の海へといざなおうとする。

「でも……」

「キス、させろよ」

「あの……」

「キスも、もっとその先も」

カリっと泰生の口に咥えられた指に歯を立てられて、腰の奥が甘く疼いた。

「こ、ここで？」

「当然」

目の前で――肉厚な唇が蠱惑的《こわくてき》なカーブを描くと、もう潤は泰生の言いなりだった。おずおずと瞼《まぶた》を伏せると、ふっと小さな息が潤の唇に触れる。

「……ん、んぅ……ふ」

羽のようなキスが降ってきた。唇の合わせをちろりと舐められ、潤は無意識に口を開ける。と、忍び込んできた舌にねっとりと口内を舐め回されて、次第に息が上がっていった。口の中の柔らかい部分を攻撃されると、ビクビクと体が震える。

「ぅ…んんっ」

泰生の手がシャツのボタンを外し、裸の胸を触りまくっていた。平らな胸で指先に引っかかるのだろう粒をこね回し、指で挟むと楽しむように引っ張ってくる。きゅっと、絞るようにつままれると、足ががくがく震えた。

泰生の手によって性急にベルトが外されていく。本来レディースものらしいデニムはベルトが抜き取られるとかろうじて腰に引っかかる感じだ。それゆえに一番上のボタンが外されると

足首まですとんと落ちてしまった。

続いて下着にまで手がかかり、潤は恥ずかしさに首をすくめる。

「っ、ん……はぁ」

「嫌々言ってたわりには、感じてるじゃね」

直前までのキスのせいでぬれた自らの唇に舌をひらめかせ、泰生が色っぽく笑う。

「ん、た…泰生が触るから」

「おれが触ったら感じるのか？」

胸に当てた泰生の手がゆっくり降りてきて、潤は潤んだ瞳で行き先を見守る。みぞおちを通りすぎてヘソをくすぐってから、泰生の手はとうとう下肢に落ちてきた。ゆっくりと潤の欲望を握り込まれると、ビクビクと恥ずかしげに震えてしまう。

「っふ……」

「あぁ、本当だ。おれが触ったらすげぇ反応する」

「バカ泰生……ゃ、やぅっ」

潤が上目遣いに睨むと、泰生の手が急に荒々しく動いた。屹立《きつりつ》を上下にさすり、奥の双珠にまで手を伸ばしてくる。

「んっ、ぁ、ぁう……やぁあっ」

「今のすげぇきた。おまえ、普段が上品だからたまにそんなこと言うと…腰にくる」

「ふ、ふ…んっ、んーん、あっ、あっ」

いやらしい水音が聞こえてきて、自分がすでに快感の涙をこぼしているのを知った。ぬめる指で泰生はさらに潤を甘く苛める。

「とろんとした目ぇして。そんなに気持ちいいか？」

「ん、んっ……ぃ、いいっ……ぁ、やっ、強く…したらっ」

膝《ひざ》がおかしいくらいにガクガク笑っていた。背後の玄関ドアへ回した後ろ手がドアノブを見つけたので、必死にすがりついた。

「ひ…んんっ」

なのに、そんな潤をさらにダメにしようというのか。

泰生が胸の先に吸いついてきて潤は高い悲鳴を上げた。キスマークをつけるようにきつく吸い上げられると、じんっとした強烈な刺激が腰に落ちてくる。

「っと、あぶね」

がくりと膝がくずおれかけた潤を、泰生が脇から背中へ回した片腕で支えた。

潤の熱をいじる手はさらに執拗《しつよう》になり、時に奥へ滑る指先が秘所に触れると連動して体の芯が甘く揺すぶられる感じがした。舌先でいじられ続けた乳首は痛いぐらい敏感な性器に成り果てている。

「ぁあぁっ……や、やぁっん」

こんな玄関先で自分は何をやっているんだろう。シャツの前は淫らにはだけ、何ひとつ身につけていない下肢を泰生にいじられて甘く鳴いているなんて。

「ん、んぅっ」

潤が快楽に身悶えるたびに、すがるドアノブはガタガタと妖しく音を立てる。夜中の静かな廊下にどんなふうに響き渡っているかと思うと、恥ずかしさと興奮で腿がぶるぶる震えた。

「すげぇやらし。腰揺らしてエロいよなぁ」

クスクスと泰生が揶揄《やゆ》し、潤の首筋に噛みついてくる。

「あうっ、痛…ぁいっ、もっ……も…ぅっ」

「いいぜ、出せよ」

泰生の手が速いペースで擦り上げてきた。潤の首筋に当たる泰生の吐息も熱い。ぬめる舌で耳朶《じだ》を嬲《なぶ》られて、潤は切なげに体をしならせた。

「んん…………っ」

体が強く抱きしめられた瞬間、泰生の手にはぜた熱を吐き出していた。

「っふ……ん……」

ゆっくり弛緩《しかん》していく潤の体を泰生がくるりと向きを変えさせた。動かされるままに玄関の扉に手をついた潤だが、背中にのしかかってくる泰生の重さにはっと首をめぐらせる。

「た…泰生……?」

まさかこの先もこの場所で？

少しの期待と大きな不安で涙目になる潤を、泰生が官能を帯びた眼差しで見下ろしてきた。

「これからが本番だろ。今夜は、抱き潰してやる――」


普段、平日に体を合わせるときはいろいろ気を付けてくれる泰生だが昨日は本当に手加減なしだった。玄関先での情交から始まりベッドへ移動して最後にはバスルームと、容赦ない愛の交歓に最後には潤も気を失ったくらいだ。

とうぜん翌日は大学に行くのが非常につらく、授業を受けていても眠気と疲れでぼんやりしてしまい、潤にとっては二重の打撃となった。

そんな状態だったため、友人の大山がいつもと違ってどこか落ち着かないことに気付いたのは昼に学食に入ってからだ。目の前で何か言いたいことがあるようなそぶりを繰り返す大山に、潤もようやくおかしいと感づいた。しかし大山の様子に疑問を覚えるも、潤にうまく聞き出せるわけがない。だからどうしたのかとストレートに訊ねてみるが、大山も口が重く、はぐらかされるという会話を何度か繰り返していた。

「父の日に、花を贈るのってどう思う？」

そのうち言いたくなったら教えて欲しいと願って、今は潤の話を聞いてもらうことにした。

「花？　父の日って確かバラを贈るんだろ」

「うん。でも、別にバラじゃなくてもいいって浅香さんは言ってたんだ。父親を思う気持ちが伝わるものだったらどんな花でも――」

潤がそう口にしたとき、大山があからさまにぎくりとして持っていたスプーンを落とした。

「大山くん？」

「――浅香さんって昨日橋本が一緒にメシ食ってた人か」

「うん。最初カウンターにひとりで座ってた人なんだけど、泰生と知り合いだから一緒にご飯を食べることになったんだ。大山くん、どうかした？」

「浅香……、下の名前はわかるか？」

不審に思ったけれど大山が真剣だったので、潤は財布に入れておいた名刺を取り出す。

「これ、浅香さんからもらった名刺なんだ」

「浅香真紀《まき》……」

テーブルに置くと、大山は熱心に名刺を見下ろしていた。あまりにじっと見つめるから、何かあるのか心配になってくる。

「大山くん、浅香さんのことを知ってる？」

「店の常連だ。いつもオーダーストップぎりぎりの夜遅くに滑り込んできて、一気にメシをかき込んでいく。きれいな人なのにすごい大食漢で――」

大山らしくない熱のこもった話し方に潤は目を瞬かせた。

「そうか、フラワーデザイナーなのか」

大山の指がそっと名刺の名前を触っている。その大切そうなしぐさに潤の方がドキリとした。

まるで――。

「浅香さんのことが気になる?」

おそるおそる訊ねると、大山の顔は真っ赤に染まり、怒ったように潤を睨みつけてきた。

「まさかっ。あの人は男だ。いや、男同士の恋愛を否定するわけじゃないけど、おれは違うから。今まで男を好きになったことはないんだ。だから違う」

「うん、そっか……」

圧倒されて潤が従順に頷くと、しかし今度は一転、大山は不安そうに顔を歪めた。まるで迷子の子供のような表情だ。

「――おまえもそうなんだろ? 橋本はもともと男が好きだったから、あの男と付き合うことになったんだろ?」

その問いは潤にはとても恥ずかしかったが、大山がからかうために聞いたわけでないのはその真剣な顔からもわかる。だから、ほてった頬を押さえて潤は口を開いた。

「違う…よ。おれはもともと男が好きだったわけじゃない。と言うか、泰生と出会うまでおれは好きになった人なんていなかったから」

「好きになった人はいないって、こいついいなとか思ったことぐらいはあるだろ。それが男だったのかっておれは聞いてんだけど」

「ううん、おれ……好きという感情そのものがわからなかったんだ。人にあまり関心が持てなかったし。たぶん愛情というのを知らずに育ってきたからだと思うけど」

潤の告白に大山が眉を寄せる。

「どういう、意味だ？」

「うん。おれって、母親のことで色々あったりして家の人間からはちょっとつらく当たられてて。暴力を振るわれたわけじゃなくてネグレクトに近い感じなんだけど。あの、大山くん？そんな顔しないで……？」

話が進むごとに大山の表情がこわばっていく。ショックを受けたような大山に、潤のほうが申し訳なくなった。潤にとってはもう終わったことで今は幸せだから何ともないのだけれど。

「以前、食事会の帰りに車の中であの男が言っていたのはこのことか。いや、ごめん。聞かせてもらえるなら続きを話してくれ」

「うん。えっと…だから、おれは勉強ばかりしてるような人間で誰かに興味を覚えたことがなかったんだ。こんなおれに興味を持ってくれる人もいなかったし」

それが去年の初夏、劇的な出会いがあった。

「でも、泰生は違ったんだ。偶然出会った泰生はおれがしり込みするくらいどんどんおれの心に踏み込んできて、おれの日常をかき回していく。泰生と一緒にいると、怖いぐらい気持ちが引っ張られていくんだ」

「気持ちが引っ張られる——」

「うん。泰生が笑うと嬉しかったし、ムッとしてると何かあったのかって心配になった。泰生の言動ひとつに自分の心が大きく動くんだ。どうしてこんな揺さぶられるんだろうってずいぶん悩んだけど、泰生に会うともうどうしようもないんだ。男だからとか住む世界が違うからとか、そんなの何の障害にもならなかった。理性とか関係なく、どんどん好きって気持ちが加速していくんだ」

言いきった潤を、大山はじっと見つめてくる。いろいろ考えているような顔だった。

「——そうか」

小さく呟き、テーブルから拾い上げたスプーンを手遊びに触り始める。

「そうか」

もう一度同じ言葉を繰り返し、大山は次の言葉を探しているように唇を湿らせた。重い口が開いたのはひと息ついたあとだった。

「あの人、食べ終わったらたまに寝るんだよ。すげぇ疲れてるんだろうな。店の常連だし閉店間際で客も少ないからだいたい最後まで寝かせてるけど、その背中がすげぇ華奢《きゃしゃ》なんだよ、頼りないというか。メシ食べるときは三人分くらい軽くいっちゃうくせして眠そうにフラフラしてる姿を見ると、何かほっとけない感じがしてさ」

浅香のことを話す顔はとても優しげで、大山の中で特別な感情が生まれているのが伝わってくる。それは潤にも覚えがあるものだ。

だから、言わずにはいられなかった。

「告白、しないの？」

「ばっ……、するわけない。名前も知らないようなヤツから声をかけられてもキモイだけだろ。って、別におれはあの人――浅香さんのことを好きなわけじゃないし。だいたい、おまえたちを非難した分際で男を好きになるなんてふざけんなって話だろ」

「そんなこと思わないよ。大山くんはちゃんと謝ってくれたし、非難した分際とか考えないで。男同士の恋愛を知らなかったら誰だって戸惑うと思う」

「もういいんだ。別に、おれは本当にそんなんじゃないから」

大山は強引に潤を黙らせた。

けれど、そんな消極的な大山はあまり大山らしくない気がする。友人になってまだ半年ほどだが、大山はどんな困難だろうが真正面から突き進んでいくような男だったはずなのに。

恋愛をすると誰だって臆する気持ちが生まれるのかもしれない。それとも、大山の中ではまだ何か納得出来ていないのか。

何か出来ないかな……。

潤は唇を嚙みしめる。

同性を好きになったことで悩み苦しんでいる大山のために、自分がやれることはないか。

考えて、潤はテーブルに置いたままだった名刺に目が行く。

「この名刺、大山くんがもらってくれないかな」

「——いいのか？」

「うん。おれはもう記憶してるし」

大山が大切そうに名刺を手の中に置くのを見て、潤は心を決めた。


「よし、今日こそは」

ぐっと拳を握ると、潤は戦に向かうような勇ましい気持ちでショップに足を踏み入れる。

都心の一等地に建つ洒落た複合商業ビルの一階にその店はあった。フラワーショップ『スノーグース』。先日偶然一緒に食事をした浅香が経営する店だ。

記憶していた名刺の住所にあったのは、外観からして敷居が高そうな店だった。木々が美しく生い茂る中庭に面しているため、ガラス張りの壁には目にも鮮やかな若葉の影がちらちらと落ちていた。ヨーロッパのアンティークっぽいドアをくぐると、店内は思った以上に広く天井も高い。そこに、まるでオブジェのように並んでいる花や観葉植物は今まで潤が見たこともないような色や形のものばかりで、値札にはぎょっとするような金額が記されていた。

花屋じゃない。まるで、泰生に引っ張っていかれる高級ブランドショップのようだ。それも一般人には敷居が高すぎるハイクラスのそれだ。

実は、潤は昨日もこの店を訪れていた。しかし花屋と言われて、先日水を引っかけられた商店街にあった程度の店をイメージしていた潤は、きらびやかすぎる空間にすっかり臆してしまい、用件もそこそこに逃げ出してしまっていたのだ。

それでもまた今日もこうして店に足を運んだのは、確固たる目的があるからで。

「いらっしゃいませ」

ドアをくぐるとすぐに女性の声に迎えられ、潤の鼓動は一気にスピードを上げる。

店内には客が多かった。花を選んでいたり、花束を作ってもらっているのか、手持ちぶさたに店内をうろついていたり、奥にある雑貨コーナーにしゃがみ込んでいる人もいる。スタッフたちも忙しく働いており店は賑やかだが、店内にいるのはすべてが女性だった。

昨日、潤が臆したもうひとつの理由でもある。

うー、やっぱり今日も女の人しかいない。浅香さんもいないし……。

用事があるのは浅香だ。昨日もしばらく店内をウロウロしていたが浅香の姿はなくて、声をかけてきてくれた女性スタッフにしどろもどろで訊ねると、外出していると告げられた。

昨日はそれで逃げ帰ったが、今日は浅香と会えるまで何とか頑張るつもりでいた。

ぐっと奥歯を噛んで、近くの女性スタッフの接客が終わるのを待つ。

「いらっしゃいませ、贈りものですか？」

そんな潤に別のスタッフが気付いてくれたらしい。声をかけられて潤は少し緊張しながら振り返ったが、そこにいたのは男性スタッフだった。

何だ、男の人もいたんだ……。

こわばっていた頬がほんの少し緩むような気がする。

潤とそう変わらない若い男性は、背格好も不思議とよく似ていた。つり上がり気味な大きな目が印象的で美少年と呼べるようなきれいな顔だ。少しきつめの顔立ちだが、今は微笑んでいるせいかふんわりと緩み、場違いな所にいる潤の居心地の悪さをずいぶん軽減してくれる。

「今日は浅香さんはいらっしゃいますか？」

「浅香、でしょうか。失礼ですが、何かお約束がおありですか？」

「いえ、その……父の日のアレンジメントを頼めないかと思ったんですけど」

男性スタッフは困ったような顔をしたけれど、すぐにぐっと顔を引き締めた。

「申し訳ありません。浅香が担当する父の日のアレンジメントはもう締め切っているんです。あの、お客さまって昨日もいらっしゃってましたよね？」

断られて潤が動揺していると、スタッフは思わぬことを話しかけてくる。

「もしかして、浅香のファンの方ですか？　お客さまのように若い男性がこの店に来るなんて珍しいので覚えていたんです」

にこにこ話しかけてくるスタッフの親しげな様子に潤はついうろたえてしまった。

なれなれしいわけではない。純粋に何度も来店してくれたことを喜んでいるのが伝わってくるだけに、そんな感情を向けられてどぎまぎしている。敷居が高いと思っていたショップで店員からこんなにフレンドリーに対応されるなんて思いもしなかった。

「何度もお店に来て頂いて本当に申し訳ないんですが、浅香のアレンジはあまりに人気なのでこういうイベントのときは限定数しか受けつけない決まりなんです」

「そうなんですか……」

重ねて断られ、潤はがっくり肩を落とす。

「でもっ、父の日のアレンジ自体はまだ受けつけています。浅香が作るアレンジメントじゃないですが、他のスタッフが作るアレンジメントもとってもステキなんです。今、サンプル集を持ってきますね」

奥から持ってきた小さなフォトブックに並んでいるのは、確かにハッと目を引くフラワーアレンジメントばかりだった。

「じゃあ、この中からアレンジメントを頼みたいと思います」

「ありがとうございますっ。それでは受付けしますね」

潤の目的のひとつは父の日のフラワーアレンジメントを頼むことだ。が、もうひとつは浅香本人に会わないと達成出来ない。

困ったなぁと内心眉を下げていたときだ。奥から枝ものが入った壺を抱えたスタッフが入ってきた。その顔を見て、潤はあっと声を上げる。

「浅香さんっ」

「あれ、潤くんじゃないか。おとといはお疲れさま。泰生は二日酔いしてなかったか？　今日はどうしたんだ。もしかして父の日のアレンジメントを頼みに来てくれたのか」

壺を床に置いて、ひょいと浅香が覗き込んできた。

「はい、そうなんですっ」

「何だ、だったら呼んでくれたらよかったのに。いいぜ、アレンジを作ろうか」

「浅香さんに頼めるならお願いしたいです、でもお忙しいんじゃゃ……」

浅香の登場に、少し気まずげに立ちつくしているスタッフをちらりと見て、それでも潤はお伺いを立ててみる。ここで浅香と少しでも接触を図りたかった。

「潤くんが初めて贈る父の日のプレゼントに花を選んでくれたんだろ？　だったら、その気持ちをおれは大切にしたいと思う。いいから、君は他のことは気にするな」

「……はい、よろしくおねがいします」

潤はホッとして頭を下げた。そこに、一歩後ろに下がっていたスタッフが声をかけてくる。

「申し訳ありません、お客さま。浅香とお知り合いだとは存じ上げずに失礼しました。浅香先生、すみませんでした。最初に先生はいらっしゃらないかと訊ねられたんですけど、おれが勝手に判断してお断りしてしまったんです」

「そうか。潤くん、悪かったな。お詫びにサービスするよ、おいで」

いい意味で何度も裏切られる。足を踏み入れることを臆するほど洒落た店だが、そこにいるスタッフは全然気取っていなくて、潤のような学生にも心を砕いてくれる。潤はすっかりこの店のファンになってしまった。自分も、この店の花だったら部屋に飾ってみたくなる。

「――そうだな、イメージはこんな感じだ」

潤が口にする父の姿を、浅香が花の名前に変換し、先ほどのスタッフが目の前でさらさらとイラストにしていく。すごいと潤が思わず呟くと、基本のアレンジデザインはすでに決まっているから、そこに潤の父のイメージを加えていくだけと言われた。イラストにまだ色はついていないが、出来上がるアレンジメントの感じはよく伝わってきて潤はワクワクする。

「じゃ、当日を楽しみにしていて」

細かい申し込みの手続きは、イラストを仕上げたアシスタントだという美少年スタッフに任せるとばかりに立ち上がろうとした浅香に、潤も慌てて腰を上げる。

「待ってください。あの、あのっ、持って帰るブーケもお願い出来ますかっ。この店のファンになったんです。小さなブーケを浅香さんに作ってもらいたいんです」

引き止めるために、潤はそう叫んでいた。浅香もスタッフも驚いたような顔をしていたが、すぐに浅香は笑って引き受けてくれた。

「どんな花が好きだ？　潤くんのイメージだと淡いグリーンだな。ハーブで香りの花束なんてまんまイメージってとこだが、あとはパッと明るいオレンジのエピデンドラムと白いライラックを入れようか」

店先でディスプレイしてある花や葉っぱを右手で取って、左手の中でどんどん花束が出来上がっていく。

「あの、浅香さんっ」

先ほどはアレンジメントのイラストに見とれてろくに話も出来なかった。だから、今度こそはと浅香と向き合う。

「浅香さんには恋人はいますかっ」

潤の質問にぎょっとしたように浅香が顔を上げた。

「潤くん？　どうしたいきなり」

「今、浅香さんに恋人がいるか教えてください！」

「……今はいないな」

「じゃ、どんな人が好みですか？　浅香さんが好きになるのはどんな人ですかっ」

「えーと、オレの仕事に理解ある人なら別に誰でも……」

「誰でも⁉　それじゃ、お、お、おっ、男同士の恋愛をどう思いますかっ！」

思った以上に声が大きくなった。顔は真っ赤だし、声も変に裏返っている。必死になっている潤は、自分のおかしな様子に浅香もアシスタントスタッフも若干引き気味になっていることに気付かなかった。

「……どうって？」

大山のために何とか出来ないか。昨日、大山の話を聞いてからずっと考えていたことだ。浅香のことが気になる、そう言った大山は浅香と向き合うことを避けている感じだった。大山も浅香も男であることが引っかかるのだろう。だったら、浅香本人が男同士の恋愛に偏見を持っていないのが確認出来たら大山も前に進めるのではないかと思った。

浅香と少なからず繋がっている自分がそれをリサーチしよう、と。

人とは少し違う自分の恋愛を大山から応援してもらって潤はとても嬉しかった。だったら、今度は自分が大山の恋愛を応援したかった。引っ込み思案で人のプライベートに踏み込むような質問などなかなか出来ない潤だが、ここは友人のためになけなしの勇気を振り絞る。

「変だと思いますか？　気持ち悪いですか？」

どこまでも真面目に訊ねる潤に、ふと浅香は何かを思いついたように顎を引いた。

「気持ち悪いなんて思わないな。付き合っている相手が男だろうが、その思いが真剣なら誰に

も非難される筋合いはないだろ。もしかして、誰かに何か言われたか？」

気遣わしげに浅香から見下ろされ、今のが潤を心配してのセリフであることに気付いた。

潤が泰生と付き合っていることはおととい一緒に食事をした際に浅香にも話していたから、潤自身が誰かに非難されたと思われたらしい。

「違うんです。すみません、そうじゃなくて……」

大丈夫かと視線を向けられると、今まで懸命に奮い立たせてきた勇気が一気に萎《しぼ》んでいくようで、潤はそれ以上何も口に出来なくなった。もっと色々聞くはずだったのに。

「こんな感じでいいか？」

潤が質問を繰り出していた間も浅香の手は一度も止まらなかったので、頼んだブーケはあっという間に出来上がり、浅香を引き止める理由がなくなったせいもあった。すぐに別の仕事が入った浅香を見送り、潤は疲れたように椅子に座り込む。

「——申し込みの続きをいいですか」

アシスタントスタッフから申し込み用紙を差し出されて、潤はしおしおとボールペンを握る。

気のせいか、前に座るスタッフがやけにじっと潤を見ている気がした。

浅香から作ってもらった小さな香りのブーケは、ラッピングを解くのがもったいないほど可愛い仕上がりだった。帰り道、電車の中で知らない女性から「きれいなブーケですね」と二回も話しかけられたくらいだ。

それでもスタッフからのアドバイス通り、家に帰るとすぐに大きめのグラスに花束を差した。

「可愛い……」

風呂上がりに大きなソファに寝そべって、潤は窓際のテーブルに飾った花束を眺める。

浅香は、男同士の恋愛でも偏見はないと言っていた。好きなタイプは仕事に理解がある人で、恋人も今はいないらしい。

大山が浅香の恋人に立候補しても支障はない気がする。

「ふふ……」

思わず潤は声をもらしていた。

月曜日、大山くんに話してみようかな……。

メールより直接会って話したい。嬉しい顔を見せてくれるだろうか。

そこまで思ったところで、玄関で物音がした。

「泰生が帰って来た」

潤がソファに座り直したとき、泰生がリビングに入って来る。カットソーに青いサブラストールを巻いた泰生は、すぐに窓際のブーケに気付いたようだ。

「お帰りなさい」

「ただいま。どうしたんだ、あれ」

片手で潤の後頭部を支えると、額にただいまのキスをして泰生は口にした。

「ちっ、父の日のフラワーアレンジメントを頼みに行ったんです」

「浅香のとこに行ったのか。おまえひとりで？」

浅香の店がどんな場所にあるのか、泰生は知っていたのだろう。華やかな場所を苦手としている潤がわざわざ足を運んだことを不審がってか、泰生の眉はわずかにひそめられていた。とっさに潤の視線は泳いでしまったらしい。それを見て、恋人の眼差しが鋭くなる。

「潤」

「な、何でもないです。何も隠してなんかいませんっ」

「――何か隠してんだな」

「あっ」

今まで泰生に隠しごとなどしたことがなかったため、とんだへまをしでかした。

実は、大山からひとつだけ約束を取り付けられていた。それは泰生への口止めだ。

浅香の件を泰生に知られたら弱みを握られるようで嫌だと言われてしまったのだ。男同士の恋愛について以前泰生相手に文句を言ったことがあるためか、大山としては気まずいらしい。

泰生がソファに座る潤を背もたれに押さえつけるようにのしかかってくる。

「おれに秘密を持つなんていい度胸だな」

背もたれに手をついて、泰生が顔を近付けてきた。間近で凄まれて、潤はたまらず顎を引いてつばを飲む。

「おら、さくさく白状しろ」

泰生の顔にはうっすら笑みが浮かんでいるけれど、そこに温かみはなかった。機嫌を損ねてしまったのが丸わかりだ。それが潤の心臓をきゅっと締め上げるように痛くする。まるで自己防衛をするように、体を無意識に縮こめてしまっていた。

「潤？」

重ねて問われて、潤は震える胸を抱えながらそれでも首を横に振る。

言えない——。

大山に約束したのだ。泰生には内緒にする、と。

わざわざ泰生に話すこともないからとあの時は安易に頷いたけれど、まさかこんなふうに問いつめられるとは思いもよらなかった。それでも、約束した以上大山の恋愛事情を口にするのはダメだと思うのだ。

だから言えない。

「ふぅん。じゃ、体に聞いてやる」

泰生の手が伸びてきた。ルームウエアのシャツのボタンを外す泰生の指を潤は呆然と見下ろす。慌ててその手を掴んだのは、シャツが潤の体から剝《は》ぎ取られるときだった。

「あのっ、待って泰生っ」

片方の腕からシャツが抜き取られて潤が声を上げたとき、泰生はその腕とシャツの絡まるもう片方の腕を体の前で拘束してしまった。シャツでもって手首をぐるぐる巻きにされた格好だ。心臓が変な感じにドキドキする。顔を上げると、泰生が悪魔のような黒い笑みを作った。

「口を割りたくなったか?」

「……ごめん…なさい」

まつげを震わせてそれでも潤が言えないと俯くと、ちっと舌打ちが聞こえた。

顎を掴まれ、泰生に嚙みつくようにキスをされる。がぶがぶと少しきつめに唇を嚙まれて首をすくめると、舌が口の中に押し入ってきた。

「んんっ」

ソファに座る潤の脚の間に泰生が膝をつき、覆い被さるような激しいキスだ。

ここしばらく優しいキスに慣れていたせいか、強引に奪うような口づけに目の前がクラクラした。思わず抗《あらが》うように泰生の胸に手を置くが、その自分の手はシャツで拘束されており、ろくな抵抗にならない。

「ふ……っん、ん、は…ふ」

口の中を舐め回され、舌をきつく吸われると喉が甘く鳴る。泰生の手が潤の首筋を撫でるように行き来していたが、這い上がってきた指先に耳朶を引っ張られて腿が震えた。

「っ……や…んっ、ん、んん…っ」

泰生のもう片方の手は潤の腿に落ちてきた。生地の薄いルームウエアのせいで、腿の上を這い回る泰生の手の感覚がダイレクトに伝わってくる。筋肉をなぞるようにか、快感のスポットを探るようにか、やけにゆっくりと妖しい動きだ。

体に聞くとはこういうことかと、泰生の行為に潤はまんまと惑乱される。

「おれに秘密を持つなんて悪いヤツだ。でも――」

泰生はキスを解くと、思わぬ優しい声で囁いてきた。

「今なら怒らないから、言ってみろ」

猫なで声で訊ねられ、間近から泰生が慈愛に満ちた眼差しで見下ろしてくる。そんな泰生と見つめ合っていると、思わず心が弱くなった。熱いものがこみ上げてくる。

腿の上ではあいかわらず泰生の手が這いずり回り、足の付け根や腿の内側という弱い部分への接触が繰り返されていた。じくじくと体の奥に甘い愉悦がたまっていくせいで、泰生に何もかも委《ゆだ》ねてしまいたくなる。

「っ……ん、ダメっ」

けれど、潤はぎゅっと唇に歯を立てて首を振った。

言えない。言わない。大山と約束したのだから。

泰生に害をなす秘密ではない。だから許して欲しい。来週、大山に会って泰生へ話す許可を絶対取り付けてくる。それまでどうか待ってて欲しい。

「ごめんなさ…いっ」

ひくっと喉が震えて、ぽろりと涙がひと粒こぼれ落ちていく。

「ダメか、クソッ」

泰生は乱暴に呟くと、頬を流れるその涙に舌を伸ばした。

顎を噛まれ、ラインを上へ辿って耳の後ろの柔らかい皮ふへ——ぬれた唇が押しつけられた。肌を吸われるじりっとした痛みは、腰の奥に甘い疼きを植え付けていく。

「ぁ、や、やぁ…だ、あ、あっ……んんぅっ」

胸の感じる突起をとらえられてしまうと、潤の体は一気に蕩けていった。

指先で引っかくように粒を起こされて、芯が入った尖りを今度はひねるように潰される。乳首の上で指先にリズムを取られると、焦れったくなって何度も体をよじらせた。

「ひんっ、ぁ、あぅっ、ん、んっ」

泰生の唇は潤の首の後ろに潜り込んで肌を吸い、噛んで、舐めてくる。うなじに浮いた丸い骨をしゃぶられると、ゾクゾクとした刺激に甘い声が立て続けにもれた。

「んっ、ん…やぁ」

潤たちがいるこのソファは先日のリノベーションのときに買い換えられた大きなものだ。外国で作られたものらしく、体の大きな外国人が座れるくらいたっぷりとした座面のため、潤が深く腰かけると足先は床から浮いてしまう。

今、そのソファの座面になかば背中を預けるように潤は埋もれていた。背もたれに触れるのは肩先と頭くらいだ。体をよじらせるごとにずるずると落ちていったのだが、そのせいで脚の間にある泰生の膝は股間の危うい箇所に触れそうになっている。

「泰…せ、やぁっ」

こんなお仕置きのような愛撫で、股間を熱くしていることを知られるのはとても恥ずかしかった。だから泰生の膝に自分の欲望が触れないように体を引き上げるけれど、両手が拘束されていてうまくいかない。それどころか、泰生の愛撫に体をしならせたとき、自分から膝に固くなった屹立を押しつけていた。

「あっ、ゃうっ……うっ」

「すげぇな、感じてるだけじゃなくてもうぬらしてんのかよ」

喉で笑うように泰生に秘密を暴《あば》かれてしまった。膝をぐっと動かされ、ズボンの下で潤の欲望が蜜をこぼしている証拠さえ突き付けられてしまう。

言い逃れ出来ない快感の昂《たかぶ》りに、羞恥《しゅうち》で体が真っ赤に染まった。興奮で視界が潤む。

「奥の方までヌルヌルさせて、これじゃジェルなんていらないんじゃねぇか」

「やっ、やぁっ」

股間の奥に潜り込ませるように膝を進めてくる泰生に、潤はたまらず片足を泰生の足に絡ませた。泰生の淫靡《いんび》な膝は、ズボン越しに秘所にさえ触れてくる。いつも泰生をのみ込むそこがもっとはっきりとした刺激を求めて蠢《うごめ》き始めるのを感じ、泣きたくなった。

泰生の動きに連動して腰の奥がジンと痺れ、疼いてくる。

「あ、ぁっ、ダメっ、ぃ…やぁだ……動かさないでっ」

「後ろで感じるから？　んじゃ、今日はそこでいたぶるか」

片方の唇だけを引き上げる笑い方をして、泰生が潤のズボンを下着ごと脱がせた。秘所に触れた泰生の指がほとんど抵抗なく中へ入ってくるのを感じる。

「っ……ぁ…ぁあ、ぁっ」

「やっぱとろとろだ」

幾度か出し入れされると、腰が甘く震えた。指が二本に増やされて中を開くような動きを加えられると、体から力が抜け落ちていく。

「ん、ぁん……っ、ぁ……」

さらに指の本数が増えるかと甘い予感に体を震わせたとき、潤の足は抱え上げられていた。ソファに両膝をつくように潤の体にのしかかってくる泰生にハッと顔を上げると、秘所に猛《たけ》った欲望が押し付けられる。

「一応、お仕置きだからな、これは――」

目の前で、泰生が舌なめずりをしてみせた。

「あ、ぃやっ、あ…ぅ――…っ」

「っ、少しきついか……」

たいしてならされもせずに挿入されたせいか、泰生の欲望で潤の体が掘削《くっさく》されているような感覚を覚えた。大きく、深く、体が開かれていく感じは久しぶりに衝撃が強かった。

「ふ……」

奥まで埋められた熱塊に潤が顎を仰《の》け反らせたとき、泰生は満足そうに息をついた。

「さて。んじゃ、そろそろ本格的に口を割らせるか」

潤の両足を抱え直し、泰生が訊ねてくる。

「約束を交わしたのは誰とだ?」

「ひ……やっ」

ぐず、と欲望が引き出され、再び奥へと押し込まれた。

「浅香か?」

潤はガクガク震えながら首を横に振った。

「んんっ…やっ、やぁ…だ、ぁ、あ、あっ」

ゆっくりとした律動だが弱い部分をかすめる動きに、潤の体は何度も大きく跳ね上がる。泰生に縋《すが》り付きたいのに、拘束された腕ではどうしようもなかった。

「じゃ、八束か。八束がおれには秘密だと抜かしやがったのか？　違う？　んじゃ、誰だよ」

「ひ…ぅっ、あ、ぅんんっ」

「残るは、大山か？」

その瞬間、潤の体が大きく反応した。内側にある泰生の欲望を締めつけてしまったくらいだ。

「っ……なるほど。大山か」

「ぃやっ、やぁだ。もっ…もう聞かない…で…ぇ、えっ」

「ムリだな。ムカつくんだよ、おまえがおれに秘密を持つなんて」

「やぅっ、ん、んっ……激し、んーんっ」

激情をぶつけるような激しい律動から逃げようとする。けれど、大きなソファに埋めるように穿《うが》たれる潤に逃げ場はなかった。

欲望をぎりぎりまで引きずり出すと、一気に奥まで押し入れてくる。そうかと思えば動きを速くし、中に入れたまま強引にかき回された。

潤む視界に泰生を見上げると、きつく見下ろしてくる視線とぶつかる。怒気を含んだ眼差しに潤の胸はきゅっと締め上げられるような気がした。涙がぼろぼろとこぼれ落ちてくる。

「ごめ…ごめん…なさぃ。言わないって……っん、約束したんです。でも、やましいことなんて何ひとつないっ。泰生を裏切ってるとか、そういうことは一切なくて――」

「んな泣き顔見せられたらおれの負けだろ」

泰生が悔しげに舌打ちした。泣いてグチャグチャになった顔を、泰生が大きな手で撫でつけてくる。思わぬ優しい手つきに、ひくっと喉《のど》が鳴った。

「泰……？」

瞬きで涙を払ってそっと瞼を上げると、苦々しげに笑う泰生と目が合った。潤の額に自らのそれをこつんと押しつけると、困ったヤツだとばかりに見つめてくる。

「そうだった。おまえって変なとこでメチャクチャ頑固だったんだ」

ため息とともに言われ、唇にキスがひとつ――。

「その大山との約束で、潤が危険に陥ったり不利な立場に立たされたりすることはないな？」

「っ……うん」

むせながらも潤がしっかり頷くと、泰生はもう一度リップ音がするキスを潤の唇に落とした。

「仕方ない、今日はおれが負けてやる」

体を起こし、再び泰生はゆっくり動き始める。

先ほどまでとは違って潤を甘やかすような穿ちだった。快楽を掘り起こし、ゆっくりと高めていく律動に潤は身も心も委《ゆだ》ねる。むりやり引き出されるような強引さはなくなったが、それでもたまっていた快感が体中に満ちあふれるのはもうすぐだった。

「ん、ぁうっ……ん、んっ」

「長引かせるとまたムカついてひどいことしそうだから、この辺でいっとくか」

「ひっ」

張った先端に柔らかい奥を擦り上げられ、潤は体を大きくしならせた。深い場所を広げるように腰を回されてしまい、快感が堰《せき》を越える瞬間を目指して瞼を閉じる。

繰り返される動きに重さが加わり、体の芯に愉悦がとぐろを巻く。余裕のない激しい突き上げに、それが一気に出口を求めるように背筋を駆け上がってきた。

「くっ…ぅん、あ、ぁうっ」

「う…ぁ、すっげ締まる」

泰生の荒い息がさらに昂ったとき、猛った欲望が潤の一番弱い部分に突き刺さった。

「ひ、んっ………」

その瞬間、愉悦の波が潤の体を襲った。ぱちぱちと瞼の裏で火花が散り、潤は声も出せずに吐精する。泰生が一緒に達してくれたのを知るのはもう少しあとだった。


翌日、潤はまた浅香の店『スノーグース』を訪れていた。今度は泰生と一緒だ。

浅香の店が一周年を迎えるにあたって何かイベントをしたいと先日一緒に飲んださいに話していたが、知らぬ間に泰生がそのプロデュースを買って出ていたのだ。その打ち合わせに、潤も同行させてもらっていた。

潤が内緒にしている事柄が浅香の店に関係すると泰生は知っているだけに一緒に行くことを最初渋ったけれど、何度も頼み込むと最後にようやく許可してくれた。

「――なるほど、映像か。悪くないな」

浅香が感心したように唸っている。

浅香が希望する一周年記念イベントは、それほど大げさなものではなく、しかし楽しかったと客の記憶に残るようなものであって欲しいという、なかなか難しい注文である。

「だろ。あと、知り合いでちょっと面白いのを作っている会社があるんだ。タブレット端末を使って――」

けれど泰生には何か案があるらしく、浅香に熱のこもった説明をしていた。

仕事というよりまるで遊びを計画しているような表情だ。時に得意げに唇が引き上がり、時に何かを考えるように思慮深い眼差しに変わる。くるくると、めまぐるしく変化する泰生の楽しそうな横顔を潤はこっそりと見つめていた。

ひと通り店を案内されたあと、二人は本格的に打ち合わせを始めた。泰生もそうだが浅香もずいぶん忙しい人らしく、スケジュールをすり合わせてみると、イベント開催まであまり時間が取れないことがわかって頭を抱えていた。それでも、ちょうどオフの期間で比較的時間が取りやすい泰生が浅香に合わせるという形に落ち着く。

だから、浅香さんの求める恋人は仕事に理解ある人だったのかな……。

昨日浅香に教えてもらった好みのタイプに潤はようやく納得がいった感じだ。

今までに、こんな浅香の忙しい仕事環境に不満を持つ恋人がいたのだろう。以前八束がこぼしていた浅香は働きすぎだとの言葉からも、忙しいのが彼の日常だと推測される。

プライベートにも影響するような仕事ぶりだと、いろいろ問題が生じるのかもしれない。

大山だったらどうだろう。浅香の仕事ぶりに不満を持つだろうか。

潤は泰生の横でうーんと考え込む。

忙しい泰生と付き合っていることで、潤も恋人がずっと傍にいてくれない寂しさはわかる。けれど潤の場合は、泰生自身がわがままを言えとか不満を口にすることを許してくれる人だから、あまり参考にならないかもしれない。

「――悪い、電話が入った」

最終的なつめを行っているとき、泰生の携帯電話が震えた。浅香に断りを入れ、電話に出た泰生の口から飛び出したのは流暢《りゅうちょう》な英語だ。少し長引くのか、潤と浅香に目配せをしたあとショップの外へと出て行く。

その瞬間、店内にいた客やスタッフが一様に騒《ざわ》めき始めて驚いた。どうやら、みな息をひそめるように泰生に注目していたらしい。世界的トップモデルを間近に見て、圧倒的な存在感に気圧されていたのかもしれない。

おれも最初は話しかけづらかったな……。

泰生と出会った当初を思い出し、潤は微苦笑する。けれど、すぐに気持ちを切り替えた。今がチャンスだ。

「あの、浅香さ……」

だが、ほんのわずかの差で浅香は別の客にかっ攫《さら》われてしまった。

「ぁう……」

実は今日も浅香にリサーチ出来たらとずっと機会を窺っていた。泰生に見咎《みとが》められると大山の秘密がばれてしまいそうだから慎重を期していたが、そのせいでずっと浅香と話すことさえ出来ていなかった。

今日はムリかもしれないな。

電話を終わらせてショップに戻ってきた泰生とまた打ち合わせを始めた浅香を見て、潤はひとり離れた場所で香りがいいバラの花を見下ろしながら小さくため息をつく。

「あの、少しいいですか」

声をかけられて振り返ると、昨日アレンジメントの受付をしたアシスタントスタッフが立っていた。大きな目が印象的な美少年スタッフだ。

昨日書いた申し込み事項に何か不備があったかと向き直ると、スタッフはなぜか気まずげに視線を逸らした。何度か口を開いては閉じるのを繰り返していたが、やがてキッと眦《まなじり》を決して口を開く。

「橋本さんってあのモデルの人と付き合ってるんですかっ」

ぎょっとするが、アシスタントスタッフはつり上がり気味な目に力を込めて潤を見つめていた。その表情は怒ったようにも困っているようにも見える。

「さっきのモデルの人とすごく親密な感じでした。付き合ってるんですか？」

「えっと、あの……はい。付き合ってます」

泰生との関係はあまりおおっぴらにしないと潤は決めていたが、彼の真剣な様子にたじろがされてしまったのだ。と、スタッフの眉がぐっとつり上がった。

「だったら浅香先生に言い寄るのはやめてください。もう恋人がいるのに、別の人を口説こうとするのは不誠実だと思います！」

「え、え？」

「昨日、浅香先生を口説いてたじゃないですか。恋人がいるのかとか男同士の恋愛をどう思うかとか。そういうのは不謹慎です、おれの先生に不真面目な気持ちで近付かないで下さいっ」

「あっ、違う。それ、違いますっ。誤解です」

潤はパニックのままに何度も首を振る。声もつい大きくなった。

「おれが浅香さんを好きなわけじゃないんですっ。そうじゃなくて——っ」

「え、あの、だって……え？」

潤が必死になって訂正すると、今度は目の前のスタッフが固まる。けれど、あまり内情を口にすると大山のことを言わなければいけないと、潤は言葉を選ぶために沈黙した。

しかし、アシスタントスタッフも先生である浅香が大切なのだろう。わけを聞かない限り引かないぞとばかりに視線を逸らさない。二人で探るように見つめ合ってしまう。

「何やってんだ、潤」

いつの間に打ち合わせを終わらせたのか。気付けば、泰生がすぐ後ろに立っていた。

「誰が浅香を好きだって？」

どこから話を聞かれていたのか。泰生に見下ろされ、潤は今度こそ言葉が出ない。目の前のアシスタントスタッフも気まずそうに視線をさまよわせていた。

そんな潤たちの様子を見て、泰生が小さく吹き出す。

「何だか子ネコ同士が鼻をつき合わせてるみたいだな」

泰生の喩えに潤は瞬間何もかも忘れてむぅっと唇を尖らせてしまう。スタッフも同様に眦をつり上げているが、なるほど、そんな顔をすると気の強いネコのように見えるから不思議だ。

「んで？　潤が必死に秘密にしていたのはこのことか？　大山が——」

「わーわーっ」

泰生が口にしようとした真実に潤は慌てて声を上げる。泰生の腕を摑むと、花屋から出るために引っ張った。アシスタントスタッフが呆気にとられて見送る眼差しにぺこりと頭を下げて、潤は泰生を外へ連れ出す。

「んだよ、引っ張るな」

「お願いします、今は何も言わないでっ」

泣きそうになりながら、一刻も早くショップから遠ざかろうと歩き続けた。

「――大山のために浅香と接触しようとしてたんだな、おまえは」

腰をすえたオープンカフェの一角で泰生からじろりと睨まれ、潤は体を小さくした。

「大山から頼まれたのか。浅香との仲を取りもってくれと」

「そうじゃないです。ただ、大山くんがとても悩んでいたから……。大山くん、男同士で恋愛することにすごく戸惑いを持っているみたいなんです。だから、相手の――浅香さんにそんな偏見がないとわかれば先に進めるかなと考えて」

「ばかか、おまえは」

「だって！　大山くんは本気で悩んでいたんです。おれと泰生のことに以前文句を付けたから男同士の恋愛を受け入れてはいけないって罪悪感みたいなものを持っていて、だから泰生にも秘密にしてくれって言われたんですけど。大山くんが悩んでいるならそのために何かしようって思うのが友だちじゃないんですか。初めてだったんです、あんな大山くんの顔を見たの。浅香さんの名刺に触るだけで幸せそうな顔をするんです。だったらもっと浅香さんの情報を集めて、大山くんに笑って欲しいって……」

「潤――」

泰生が低い声で話を遮《さえぎ》ってきた。普段よりきつい眼差しに潤はぎゅっと背筋が縮こまる。

「大山が頼んでもないことを、勝手におまえがやってどうすんだ。友だちなら何でもやるのか？　大山のためなら浅香を困らせてもいいって言うのか」

「そんなことっ……浅香さん、困ってたんですか？」

「おまえが何か悩んでいるようだって、さっき言われたぜ。男同士の恋愛について、相談を受けたって。今の潤の話からすれば、男同士でも偏見はないかっておまえは訊ねたつもりなんだろうけど」

泰生の話に潤は唇を噛んで頷いた。そんな潤に、泰生の声がほんの少し柔らかくなる。

「おまえが大山のために必死に頑張ったって、おれにはわかる。でもな、大山が望んでもないことをあんまり先走りすぎるな。友だちのためにと走り回って結局大山の首を絞めることになったらどうすんだ？　現におまえの言動に浅香は振り回された。好きな相手を困らせてまで知りたい事実なんてないだろ」

泰生に諭《さと》されてうなだれるしかなかった。冷静になって振り返ればまさに泰生の言う通りだ。自分がひとり空回りしていたことにようやく気付く。

おれって、何にも見えてなかった……。

基本ひとりで何でもやれる大山から相談を受けたときはとても驚いた。それが男同士の恋愛という唯一大山より先んじている方面だから特にだ。けれど、だから潤は舞い上がってしまった。相談してくれた大山のために、自分がどうにかしようと思い上がったのだ。大山はひと言もどうにかしたいとは言わなかったのに。

「どうしよう」

大山の気持ちを無視して、勝手に浅香に接触を持つなんて本当にひどいことをした。大切にしたいという大山の浅香への気持ちを土足で踏みつけてしまった気がして、今さらながら自分が取った無神経な行動が恥ずかしくなる。

「おれ、とんでもないことをしました……」

申し訳なさに胸が痛い。ことの重大さにようやく気付いて消え入りたい思いだ。

大山にあわす顔がない——。

汗をたっぷりかいたレモンスカッシュのグラスを呆然と見下ろしたまま、潤は身動きも出来なかった。

「ばぁか、んな落ち込むな。自覚したならあとは簡単だろ」

ふわっと、そんな潤の頭に大きな手がのせられた。数度撫でたあとに離れていった泰生の手を追いかけて顔を上げると、優しい眼差しとぶつかる。

「正直に言って謝ればいい。大山のためにと潤が思ってやったことだ、その気持ちはちゃんと伝わるはずだ。あいつは、そんな潤の気持ちを受け入れられないような男じゃないだろ」

「でも、結局はおれのひとりよがりで――」

眉を下げると、泰生の指先が潤の目にかかった前髪を横へと梳いてくれる。甘やかすような泰生のしぐさが、潤の弱った心に染み込んできて泣きたくなった。

震え出した唇を噛んで懸命に我慢するが、泰生には何もかもお見通しのようだった。

「友だちが自分のために一生懸命にやったことは嬉しいに決まってんだよ。それが空回りした行動でもな。友だちだから許されるんだ」

初夏の日差しを受けて、泰生の黒瞳がキラキラ光っている。それがとてもきれいで、潤はじっと見入ったまま頷いた。

「あの、泰生にもいろいろごめんなさい」

隠しごとをして不快な思いをさせたり友人の浅香に変な厄介ごとを持ち込んだり、泰生にも迷惑をかけた。昨日の情事を思い出すと、泰生にもどれだけ心配させたかと申し訳なくなる。

「本当だぜ。やっぱ大山は油断ならねぇな、引っ込み思案の潤をここまで動かしたんだから。しかもおれに秘密を持たせるなんざ、ふてぇヤツだ。あいつはおれにとって敵だわ、敵」

「そんな……」

潤が情けない声を上げると、泰生はぎろりと睥睨《へいげい》する。

「最近の潤は、おれより大山のことを考えている時間の方が多いよな」

「そ、そんなことは絶対ないです。おれの一番は泰生ですっ」

「どうだか、口先だけで言われてもな。そういうのはきちんと態度で示して証明してもらわないと実感出来ねぇよ」

「します！　ちゃんと態度で証明しますからっ」

潤が言い放った瞬間、泰生がしてやったりと笑った。自分が何を口走ったのか、呆然とする潤に、泰生は爽やかなオープンカフェに似合わない婀娜《あだ》っぽい眼差しを向けてくる。

「んじゃ、今夜たーっぷり証明してもらおうか」


翌日の月曜日。大山にきちんと話が出来たのは放課後だった。

本当は朝一番で謝りたかったけれど、邪魔が入らない時間を取ってちゃんと話さなければと、罪悪感に苦しみながら半日すごした。

だからようやく研究棟の静かな裏庭で大山に頭を下げたとき、潤はホッとした気持ちだった。

「ごめん。おれ、とんでもないことをした――」

不審そうに見下ろしてくる大山に、潤は自分がしでかした所業を告白する。自分が勝手に浅香の店に押しかけてしまったこと、浅香にリサーチをかけて失敗したこと、結果大山の恋情が泰生にばれてしまったこともだ。

潤が話すごとに大山の眉が厳しく寄せられていく。そのこわばった頬は大山が怒っていることを如実に伝えてくるが、潤は怯みそうになる心を必死に奮い立たせて言葉を紡いだ。

「本当にごめん。大山くんの気持ちを無視して勝手に行動して、その結果浅香さんを振り回してしまって。本当に何て言ったらいいのか……。ごめんなさいっ」

最後、もう一度頭を下げる。

泰生は昨日ああ言ったけれど、大山は許してくれないかもしれない。自分はそのくらい勝手なことをやった。それでも大山が許してくれるまで潤は何度も謝り続けるつもりだった。

心臓は破れそうなほど大きく鳴り響いていたし、指先は凍るように冷たい。震える膝を何度も叱咤《しった》し、潤は大山の裁決を待つ。

「顔を上げろよ」

大山のつっけんどんな口調が今の潤には何より怖いものに聞こえた。そっと顔を上げると、やはり少し怒ったような大山が立っている。

「ごめん、大山くん――」

「もういい、謝るな。おれが橋本にそういう行動を取らせたんだ。おれが今怒っているのはおまえにじゃない、情けないおれ自身にだ。橋本はもう謝らなくていいから」

「でも……」

「あぁ、マジ情けない。自分のふがいなさが恥ずかしくなる」

大山が声を大きくして頭をかいた。そのセリフも行動の意味も潤にはわからない。見守る潤と目が合うと、大山は観念したように息を吐いた。

「おれはまだどこかで男同士の恋愛を受け入れられずにいたのかもしれない。男の浅香さんを好きだなんて気持ちは間違ってると、無理やりなかったことにしようとしていた。何だかんだと言いわけを並べ立てて、自分自身を騙《だま》そうとしていたんだ」

大山の告白は、潤も少なからずショックだった。潤と泰生の恋愛を甘受してくれたはずの大山がそんな風に考えていたなんてと胸が冷たくなる。そんな潤に気付いたのか、すぐに大山は言葉を継いだ。

「悪い、少し言い方が悪かった。橋本とあの男のことはちゃんと理解している。と言うか、二人の信頼しあっている様子をここずっと見てて、男同士でもこんなナチュラルに恋愛が出来るんだって思うようになったんだ」

潤たちの恋愛形態は受け入れられるが、自分の恋愛となると別だと言っているのだろう。

「おまえたちの関係には憧れさえ感じてるくらいだ。あの男には絶対言いたくないけど」

大山の言葉を聞いて、潤の胸に喜びがにじむ。

「だから、橋本には感謝してる」

「どうして？」

「おまえがいなかったらおれはもっと見苦しいことになっていたと思う。男同士で恋愛が成り立つことさえ気付かず悶々としていただろうし、今日こうやって背中を押してくれなければ目を逸らし続けていたかもしれない。マイノリティだからと躊躇して、ましてや逃げ出すなんておれらしくないよな」

　大山の声には吹っ切れたものを感じた。いつもの大山らしい、さばさばと潔《いさぎよ》い口調だ。それに潤はホッとしたし、同時にもっと応援したい気持ちが生まれて困ってしまう。

「――橋本、今日これから暇か？」

「うん、暇だけど」

「じゃ、ちょっと付き合ってくれ」

　大山に促されて大学を後にしたが、連れて行かれた場所に潤は息をのんだ。

「大山くん、ここ――」

「よかった、浅香さんがいる」

　ここしばらく日参する勢いの浅香のフラワーショップだ。ガラス越しに、浅香が忙しく立ち働くのを見て、大山の眼差しがほんの少し緩んだ。

　怯むことなくショップのドアをくぐった大山は、ガツガツと大股で浅香のもとへ近寄った。まるで他のものなど目に入らないような大山の真っ直ぐな歩みに、潤も慌ててついていく。近付いてきた影にふと顔を上げた浅香は、少しだけ驚いた顔をした。

「あれ、潤くんじゃないか。と、君は……確か『然』のギャルソンくん？」

浅香が大山を見知っていたことに潤の方が嬉しくなったその時。

「あなたが好きです」

店中に響き渡る大きな声で、大山がそれを言った。潤は心臓が止まるかと思った。目の前の浅香は何を言われたかわからない顔で大山を見上げている。

「店に来るあなたを好きになりました。まだ頼りない学生ですが、いつかあなたの隣に並べる男になります。おれと付き合って下さい」

大山の目は真っ直ぐ浅香だけに向けられていた。声量を変えずに続けられたセリフに、騒ついていた店内はしんと静まりかえってしまう。潤も声が出せなかった。

「あの、君——」

浅香が戸惑ったように声をかけたとき、ふっと緊張が緩むみたいに大山の肩が下がった。周囲を見回して、小さく舌打ちする。

「すみません。おれちょっと考えなしでした。でも、今言ったことは本気です。考えて下さい、よろしくお願いします」

ぶんっと音がするほど勢いよく大山が頭を下げた。

大山には直情径行《ちょくじょうけいこう》すぎるところがある。以前大山からも直したいと聞かされたことがあったし潤もそれを見知っていたが、今日のこれはまさにその最たるものだろう。

それでも、大山の顔に後悔の色は見られなかった。

「また来ます。あと『然』に食事に来ないなんてことはしないで下さい、心配ですから」

それだけを口にすると、大山はまた勢いよく店を出て行く。潤は出遅れてしまった。

けれどそれゆえに、呆然と大山を見送った浅香が、いきなり爆発したように顔を真っ赤にするのを見た。

「じっ、事務所に用事がっ――」

誰に言うでもなく大声で宣言すると、まるで逃げるように浅香が奥のバックスペースへ消えていく。耳まで赤く染めて走り去る浅香は大人なのにずいぶん可愛く見えた。

浅香が消えると、店がわっと騒がしくなった。どこかで悲鳴も上がっている。見知ったアシスタントスタッフも浅香が消えたバックスペースを呆然と見つめていたが、潤の視線に気付くとパッとこちらを振り返った。潤が浅香にアプローチをかける云々という誤解は解けたはずだが、師事している浅香に新たに持ち上がった問題にだろう、美少年スタッフはやけに途方に暮れた顔をしていた。それが後ろめたくて、潤はぎくしゃくと目を逸らす。

「しっ、失礼しますっ」

頭を下げて潤も店を飛び出したが、客もスタッフも一緒になって大騒ぎしている店内では消えた潤の存在に気付いたものなどほとんどいなかっただろう。

「それで？」

「それでって、終わりですけど……」

「はぁ？　ちょっと待てよ。告っただけで大山は逃げやがったのか？　浅香の返事も聞かずに？　とんだ腰抜けじゃねぇか」

のんびりとベッドヘッドに背を付けていた泰生が急に体を起こしたせいで、泰生の胸にもたれていた潤はその勢いにベッドに顔から突っ込んでしまった。

「ぅきゅ……」

「あ、悪ぃ。大丈夫か」

慌てたように泰生が抱き起こしてくれたが、潤はちょっと納得がいかない。

何で顔から突っ込んだのに痛いのは鼻ではなく額なんだろう……。

そんなに自分の鼻は低いかと指先で擦っていると、枕元の潤の携帯電話がメール着信を知らせた。泰生に断ってメールを確認すると、たった今話をしていた大山からで、潤は思わずベッドの上で正座してしまった。

「あ……」

「大山は何だって？」

そんな潤の体を懐深くに抱き込んだまま、泰生が肩越しに携帯電話を覗き込んでくる。潤はしゅんとした声で答えた。

「浅香さんに、振られたって――」

つい先ほど、大山が働いているカフェレストラン『然』に食事に来た浅香は、その場で大山の告白に断りを入れたという。仕事が忙しくて、他のことはとうぶん考えられないとのことだ。それでも大山は、簡単には諦められないとこれからも浅香へアタックし続けることを決意したとのメールだった。潤が自分のために動いてくれたことが嬉しかったことも書かれていた。出来ればこれからも応援して欲しい、と。

文面から、大山がそれほど落ち込んでいないように感じて潤はホッとする。

「ふん。大山はもう少し度量を広げないと浅香に釣り合わねぇだろ。何たって腰抜けじゃあな」

「大山くんは腰抜けなんかじゃないです。本当にかっこよかったんですよ、浅香さんに告白したときなんか。若武者というか、時代劇の俳優さんみたいに凛としてて。浅香さんしか目に入らないって態度もすごく男らしいというか。浅香さんも顔を真っ赤にしてたんですから」

だから脈があるんじゃないかと潤は思ったのだが。

「へぇ、いいことを聞いたな。大山のようなガキに言い寄られて顔を赤くするのか、浅香は」

「もうっ、だから……え、泰生？」

抱き込んでくれていた潤の体を、泰生がなぜかベッドへと放り投げた。背中から倒れ込んだせいで痛みはなかったが、その潤の体に馬乗りになる泰生にちょっとした危機感を覚える。

「あの、泰生？」

「それで？　大山はかっこよかったって？」

「あ……」

「おれの前でよくもそこまで他の男をほめられるな。昨日、その体にしっかり教え込んだはずだが、まだわかってなかったのか。学習能力は高いはずだろ？」

昨夜このベッドで、大山にかまけすぎた代償をしっかり体で払わされたというのに、潤は一日もたたないうちにまた同じ間違いを犯してしまったらしい。

でも、ちょっとかっこいいって言っただけなのに……。

唇を尖らせたい思いで泰生を見上げるが、嫉妬深い恋人の黒瞳に垣間見えるのは間違いなくジェラシーの炎だ。

「さて、もう一度おれが一番だって覚え直すか」

潤の腰に跨《また》がり、泰生がTシャツを脱いでしなやかな裸体をあらわにした。物騒な気配がほのめく甘い微笑みに、潤は早々に全面降伏を申し出た。

END

ふたりのパパ

父の日を迎えて、潤《じゅん》は注文していたフラワーアレンジメントを取りにきていた。

泰生《たいせい》の友人で、フラワーデザイナーをしている浅香《あさか》の店だ。高級ブティックのような洗練された店内や華やかな客層に落ち着かない気分にさせられるが、浅香をはじめとしたスタッフたちの気取らない姿勢に潤は何とか平静を装《よそお》うことが出来ていた。

「わぁ、ステキです」

ブラウンにも見える深いえんじ色のあじさいが印象的なフラワーアレンジメントはシックな大人の雰囲気で、潤は感嘆《かんたん》の声を上げた。

「ステキですよね！　このアレンジメントを見た他のお客さまが、別件で注文を受けていた分をこんな感じに変更してとリクエストされたくらいなんですよ」

少しつり上がり気味な目が印象的な浅香のアシスタントスタッフも潤と一緒になって目を輝かせている。

大山《おおやま》の恋愛にかけずり回った事件で、潤が二股をかけていると誤解して問いただしてきたのはこのスタッフだ。先日、泰生と一緒にまたこのショップに足を運んだとき、彼から誤解して申し訳なかったと謝罪を受けていた。潤も誤解するような行動を取ったのだからと反対に頭を下げたのだが、二人でぺこぺこしてしまったのが何だかおかしくて、最後にはアシスタントスタッフと顔を見合わせて笑ってしまった。

潤がこの店に足を踏み入れるためらいを消してくれるのは、この美少年スタッフの存在も大きい。もちろん一番は店長である浅香の気さくな歓迎ぶりなのだが、その当の浅香は隣でやけに顔を赤くして立ちつくしていた。

向かい合っているのは、潤の友人である大山だ。

「今日はおにぎりがメインです。片手でも食べられるようにしていますから、手が空いたときにでもつまんでください」

「いや、もう本当にいいって。こんなことしなくてもオレはちゃんとメシは——」

「浅香さんがこの前美味しいって言ってくれた卵焼きも入れてます」

「へぇ、そりゃ楽しみ——って、いや、その……」

浅香が好きだと告白して一度は玉砕《ぎょくさい》した大山だが、それでも諦めないと果敢にアタックを繰り返していた。それが功を奏したのか、浅香にとって今や大山は行きつけの店で働いているただのギャルソンではない。二人は手作り弁当を受け渡すような仲にまで進展しているようだ。

もっとも大山が言うには、日曜日は行きつけの食事処『然《ねん》』の店が休みのせいで浅香がご飯を抜くことが多いと聞いたかららしいが、浅香だって大山が嫌いなら弁当など受け取らないはずだ。

そもそも浅香が大山の告白を断ったのも自分の身辺の忙しさが理由だったらしく、決して男がダメだったからでも大山を嫌ったからでもない。大山のこうした小さなアプローチを受け入れているということは、まだ勝機は十分あると潤は思っている。

男同士というマイノリティな恋愛形態だが、節度をわきまえながらも大山のガツガツと押していく姿勢は誰が見ても気持ちがいいものらしく、今ではショップのスタッフも二人の恋を陰ながら応援しているという。

「浅香先生、さっさと観念して大山くんの愛のお弁当を受け取ってください。じゃないと、この前先生がチョコレートで飢えをしのいでフラフラしてたこと、告げ口しちゃいますよ」

通りがかった女性スタッフの言葉に浅香がムッと顔をしかめるが、同じく大山も厳しく眉を寄せた。強面《こわもて》の大山がそんな顔をすると、少し近寄りがたいほど物騒な表情になる。

「告げ口しちゃうって、もう言ってるじゃないか……」

「浅香さん、本当ですか」

「いや、おとといはちょっと忙しくて昼を食べ損ねたから」

大山の鋭い問いかけに視線をさまよわせる浅香の姿は、自分たちより十歳近く年上にはとても見えなかった。それを言えば、じっとり眉を曇《くも》らせる大山も潤と同い年には見えないが。

大山と浅香の姿を見ながら、潤は小さく笑う。

お似合いだと思うんだけどな……。

「あの。じゃ、これもらっていきます」

アレンジメントが入った紙袋を持って、潤は立ち上がった。

二人の様子をまだ見ていたかったが、約束している時間まではあと少し。そろそろ移動しないと間に合わなくなるだろう。

「オヤジさんによろしく。会ったことないけど」

「ふふ、うん。それじゃ浅香さん、今日は本当にありがとうございました」

大山も連れて帰ってくれとばかりに懇願《こんがん》する眼差しを送ってくる浅香にどうしようかと一瞬考えたが、さっさと行けと大山から送り出されると、気持ちを切り替えて潤は店をあとにした。

大山も浅香の仕事のジャマをするつもりはないだろうから、きりのいいところで帰るだろう。

父の正《ただし》と約束したのは見るからに敷居《しきい》の高い高級寿司店だ。

カウンター越しにやけにしかめっ面をした店主が無言で寿司を握って出してくれる。もちろん、メニュー表もないし値段も時価表示だ。

泰生と一緒にいろんな飲食店を訪れるようになった潤だが、さすがにこのクラスの店には足を運ばない。泰生はどちらかというと和食より多国籍な料理が好きなため、寿司店は潤も初めてだ。こぢんまりとした店だが、白木《しらき》の一枚板で作られたカウンターが潔《いさぎよ》いほど美しくて、雰囲気のいい店内だった。

「こんなところ、初めてです」

熱々のおしぼりで手を拭きながら、潤は呟いた。それを聞いて父が照れたように眉を動かす。

「おまえも、そろそろこのクラスの店を訪れてもいい年だろう」

「ありがとう、父さん」

「誕生日祝いだ、ひと月遅れたがな。いいから、好きなものを頼みなさい」

メニューはないが、カウンターには魚の名前が書かれた木札がかかっている。その中から選ぶのだろう。けれど、寿司店が初めての潤には何から頼んだらいいのか、何が美味しいのかまったくわからなかった。

しばらく眉を寄せて木札を見つめていたが、早々と白旗《しらはた》を上げることにした。

「ごめんなさい。よくわからないから父さんに任せたらダメですか」

「そうか。では、大将のお任せをもらおうか。嫌いなものはなかったか？」

潤が頷くと、父は張りきったように店主とメニューを話し合う。客である父に話しかけられてもにこりともしない店主だが、相談を終えるときびきびと動き始めた。

「その……何だ。大学生活はうまくいっているか」

最近父とはよくメールを交換して少しは仲良くなったと思っていたが、実際こうして会って話すとなるとまだどこかぎこちない。何か気負いのようなものが父から伝わってくるせいで、潤も緊張で口元がこわばりそうになる。

「ようやく慣れてきた感じです、授業のやり方がわかってきたというか。高校のときとは勝手が違っていて、最初は本当に不安でした」

「そうか。今は何を勉強しているんだ？　何の授業が一番楽しい？」

ポツポツと学生生活を訊ねてくる父に、潤はつかえながらも話していく。傍《はた》から見るとおかしな会話かもしれなかったが、潤にとって今の時間はとても楽しいものだった。

「――マコガレイです」

寿司ゲタと呼ばれる白木の皿の上に置かれたにぎりを、潤も父を真似て食べてみる。

「美味しい……っ…ぅ」

「どうした？　あぁ、わさびがきついのか。大将、この子には少しわさびは控えめでお願いしたい」

つんと鼻を駆け上がっていく辛《から》みに涙目になる潤は、差し出されるままに熱い茶を飲んだ。次第に落ち着いてくる辛さにホッとしていると、隣で父が小さく笑っている。

「潤はわさびは苦手なのか」

いつも浮かべている厳しい表情が緩んで、父はとても優しい顔をしていた。父親らしい顔と言ってもいいかもしれない。

「寿司には一応美味しく食べる頼み方というのがあるんだ。最初は味の薄い白身から、光りものや貝類も最初だな。その後に赤身やウニなど味の濃いものを食べる。最後は穴子《あなご》や卵焼きなど甘いもので締めると、素材の味がぼやけずに最後まで美味しく食べることが出来るんだ」

父のうんちくに潤は熱心に耳を傾けた。

「旬は少しすぎてるが、今日は外房で取れたいいサヨリが入ったらしいから、次は光りものだ。うまいぞ、サヨリは」

何でも知っているんだなと尊敬して見つめると、当の父はくすぐったそうに肩をすくめた。あまり見たことがない上機嫌の父の横顔に、潤も嬉しくなる。

今だったら渡しやすいかも。

ずっと機会を窺《うかが》ってきた潤は、足元に置いていた紙袋に手を伸ばした。

「あの、父さん。これ――」

浅香に作ってもらったフラワーアレンジメントを取り出す。

「何だ、これは」

「父の日のプレゼントに、作ってもらったんです。父さんにと思って」

「わ、私に父の日のプレゼント……」

受け取る父の手が微《かす》かに震えていて、潤はどぎまぎする。喜んでくれているのだろうか。

「あの、泰生の知り合いにフラワーデザイナーがいて、その人がとてもステキなアレンジメントを作られるんです。だからその人にお願いして、おれが口にした父さんのイメージをアレンジメントにしてもらったんです。男に花なんてと最初は少し戸惑ったけど、大切なのはおれの父さんを思う気持ちだって。おれもそうだと思ってこの花を作ってもらいました」

父は潤の話を聞いて、また呆然と花を見下ろした。いつもはビシリと後ろへ撫でつけている父の前髪が、その時はらりと額《ひたい》に落ちる。柔らかそうな髪は、潤のものとよく似ていた。

自分の髪は母親似だと思っていたけれど、もしかしたら髪質は父に似たのかもしれないと、潤はふと思った。

「あの……アルバイトの給料で買ったんです。だから、ちゃんとおれのお金で買いました」

以前、父も心配して様子を見に来てくれたアルバイトの給金は、この父の日のアレンジメント代となった。わずかなバイト代などそれで吹き飛んでしまったが、初めて稼いだ金で父の日のプレゼントを買えたことに潤は非常に満足している。泰生もいいんじゃないかと賛同してくれたことも嬉しい出来事だ。

普段の潤の生活費や学費は泰生や父に世話になっているため、もしアルバイト代がなかったらこのプレゼントを渡すのも躊躇《ちゅうちょ》したかもしれない。

だから、こうして胸を張って父に渡せることが誇らしかった。

「そう…か」

父の声に潤は瞼《まぶた》を上げる。

喉《のど》に絡んだような声だった。父の目に光るものを見た気がしたが、すぐに顔を伏せられてしまったため、それが何だったのか確かめることは出来なかった。

「ありがとう、潤」

しみじみと礼を言われてしまい、潤の方こそ胸がいっぱいになる。目の周りが熱くなった気がして、慌てて瞬《まばた》きを繰り返した。

親子二人して感動して黙り込むなんて、これからどうしたらいいんだろう。

「美しいですね、目がさめるようだ」

救いの手は思わぬところから入った。今まで必要なこと以外ひと言も口を開かなかったカウンターに立つ店主がぼそりと呟いたのだ。が、それに父が敏感に反応した。

「大将、すまない。今しまうから」

「いや、せっかくの息子さんからのプレゼントだ。香りも少ないからお帰りになるまでカウンターに置かれてくださいさい。私は構いませんから」

「そうか。いや、ありがとう」

二人の会話は潤にはわからないものだったが、話を聞くと、寿司に強い香りは厳禁だったらしい。危うくマナー違反になるところだったと潤はひやりとした。

「――サヨリです」

大将がタイミングを計ったように寿司ゲタの上に次の寿司を置いた。握った酢飯の上で細い身をくるりとよじらせたサヨリがキラキラ光っている。

「美味しそう」

「あぁ、美味いぞ。どんどん食べなさい。大将、何か炙《あぶ》ってくれるか。若いから、寿司だけじゃ足らないだろう」

父の声にしたがって、潤はいそいそと寿司に手を伸ばした。それを満足げに見下ろしていた父だが、ふと思い出したように声を上げる。

「誕生日の祝いが食事だけというのもなんだな。何か欲しいものがあったら言いなさい。洋服でも時計でも何でも買ってやろう」

魚の甘さに目を細めていると、思ってもいないことを言われて潤は喉がつまりそうになった。

「あの、父さん?」

「しかし洋服は少し難しいな。若い者のはやりすたりは私にはわからない。時計だったらたいして流行もないか。いいものだったら年を取ってもつけていられるからな」

「えっと、あの、でもっ」

父の手首でキラキラ光っている時計は、潤でも一度は耳にしたことがあるブランドだ。まさかそんなハイクラスの時計ではないだろうが、父のノリノリの様子を見ると潤はほんのちょっと恐ろしくなる。

「遠慮することはない、時計なら何本持っていてもいいからな。まだ学生だからキラキラしいのは向かないが、おまえらしいものを一本買ってやろう。その時計はおまえにはちょっと派手すぎる。いかにもあの男が選びそうなものだ」

後半、父の声がわずかにトーンを下げたのは、潤の手首に洒落《しゃれ》た時計を見つけたせいだろう。

若葉色の腕時計は泰生から初めてもらったプレゼントだから、潤も大事にしていた。華やかな泰生が選んだにしてはずいぶんシックな時計だと潤は思ったが、父にはこれでもまだ派手らしい。

ふんと鼻を鳴らした父だが、その視線が急に尖った。

「潤、その指輪はなんだ」

父の眼差しが薬指にはめたリングにとまっていて息をのむ。潤は慌てて左手をカウンターの下にしまうが、父の視線は外れなかった。

「その指輪は何だと聞いている。まさか――」

「た、た、誕生日にもらったんですっ。マリッジ…リングですっ」

父の眼差しが痛くて、挙動不審なくらいにうろたえて潤は口にしてしまった。父があからさまに顔をしかめる。

「ふざけるなっ、おまえはまだ学生なんだぞ。そんな指輪をはめて学校に通うなど間違っている。学生のうちは学問にだけ打ち込めばいいんだ。色ごとは二の次だろうっ」

「父さん。あの、でも……」

まさか真っ向から咎《とが》められるとは思わなかった。

頰《ほお》をこわばらせる潤を見ると、父は困惑げに顔を歪めた。

「――あいつも同じものをはめているのか」

「え?」

「あの男も指輪をしているのかと聞いているんだ」

「はい、泰生も同じ指輪をはめてくれています。撮影に支障があるときだけチェーンに通して首に下げるけれど、それ以外のときはずっと……」

そのせいで、ファッション業界では激震が走ったと八束《やつか》からのメールで知らされていた。マリッジリングなど一番嫌がりそうな泰生がまるで見せびらかすように撮影中もリングを外さなかったらしい。そのことに彼の本気度が窺えてショックで倒れる男女が続出したとのことだが、冗談めいた八束のメールだったし、後半は話半分で聞いた方がいいかもしれない。

「――そうか」

父から返された相づちは複雑な色味を帯びていた。少し呆気にとられたような、面白くなさそうな、そしてどこか諦観《ていかん》めいた響きも含まれていた。

「まぁ、いい。食べなさい」

自分が興奮しすぎていたことに気付いたのか、父は雰囲気を変えるように咳払いをする。

マリッジリングのことはもういいのだろうか。

戸惑う潤の視線にそ知らぬふりをする父の様子から、指輪の件は不問にふすということかと推測してみる。それを裏付けるように父の声が飛んだ。

「にぎってもらった寿司をいつまでも食べないのは大将に失礼だぞ」

ようやく潤はホッとして、酢締めのシンコのにぎりに手を伸ばした。

それでも、すべてがなかったことにはならないようで、

「潤、近いうちに時計を買いに行くぞ。おまえの好きなものを買ってやろう。いいな？」

強い決意を秘めた父の声に、潤は従順に返事せざるを得なかった。

*

「社長、ステキなフラワーアレンジメントですね。プレゼントですか」

今日一日のスケジュールを読み上げた女性秘書がフラワーアレンジメントを見て感嘆の声を上げる。正はわずかに胸を反らせて、用意していた言葉を口に乗せた。

「うむ。息子からだ」

「息子さんですか。あぁ、昨日は父の日でしたね」

一度は家に持ち帰ったフラワーアレンジメントだが、誰かに見せびらかしたい気持ちになって、会社の机に飾ることにした。さっそくの反応に正は気をよくする。

「男の方にしてはずいぶん洒落たものを贈られるんですね。ステキです」

まだ若い秘書だからか、それとも女性だからか。センスのいいフラワーアレンジメントに興味津々だ。いろいろと自慢したい気持ちはあったが、正は気のないそぶりで秘書を下がらせた。ずいぶんと羨《うらや》ましそうに眺めていたな。

人の目がなくなって、ようやく正の口元が緩む。

我が息子ながら潤はなかなかセンスがいいかもしれないと、昨夜のことを思い出す。

日にちを指定して、もし時間が大丈夫なら会いたいと息子の潤から連絡が入ったのは少し前のことだ。そういえば息子の誕生日はゴールデンウィークだったなと思い出し、祝いに何かうまいものを食べさせてやろうと夕食に連れ出したのだが、実際嬉しがらせてくれたのは息子の方だった。

実は、花を渡されるまで正は昨日が父の日であることに気付きもしなかった。当たり前だ。昨年まで自分はいろんな意味で父親ではなかったのだから。

潤に対する自分のひどい仕打ちを思い返すと、申し訳なさと情けなさ、そしてこの上ない後悔で汗が噴き出してくる。

愛した人間に去られたショックから立ち直れず、妻を思い出させるものに正はずっと背を向け続けてきた。実家にはめったに近寄らず、親せきたちとの集まりにも極力出席せず、妻によく似た息子からは顔を背《そむ》けていたくらいだ。

そんな父親の態度を見て息子がどう思うか。自分はそんなことにも気付かなかったのだ。しかも見落としていたのはもうひとつあったことを最近知り、これまで自分がどれほど鈍感《どんかん》に生きていたのか思い知らされてしまった。

それは実家を任せていた父母——潤にとっては祖父母に当たるが——の仕打ちだ。

家や子供たちの面倒はすべて父母に任せていたが、正にもことさら厳しかった彼らのこと。孫の潤にも厳しい躾《しつけ》をしていることに正は何の疑問も抱かなかった。しかし実際のそれは虐《ぎゃく》待《たい》に近いものだったと潤や玲香《れいか》の話から知ることとなり、とてもショックを受けている。

二重の意味で潤を長い間苦しませていたことに、正はひどく後悔した。

だから昨年の夏にあの家を出たのは潤にとってはさいわいだったのだと、今では思っている。

父親のひどい仕打ちを許してくれた潤と奇跡的に和解して、今その償《つぐな》いも兼ねて何とか親子関係を取り戻したいと頑張っている最中だ。

だから、昨日の父の日は思わぬサプライズだった。

『おれが口にした父さんのイメージをアレンジメントにしてもらったんです。男に花なんてと最初は少し戸惑ったけど、大切なのはおれの父さんを思う気持ちだって。おれもそうだと思ってこの花を作ってもらいました』

渋みのあるえんじ色の花が印象的なフラワーアレンジメントに、正は目を細める。

そうか。潤のイメージする自分の姿は、こんな落ち着いた感じなのか。

嬉しいような照れくさいような思いに胸が熱くなった。

しかも、このアレンジメントは潤が働いて得た初めての給料で買ったというのだから、本当に特別なプレゼントだ。

それを聞いたときは、正も思わずこみ上げてくるものがあって非常に困った。

「父の日、か……」

潤がここまで素直に自分を慕ってくれるようになったことが嬉しい反面、こんなふうに潤の性格を明るくしてくれた存在を思い出すと複雑な気持ちになる。

息子が、まさか男と愛し合うことになるとは思いもしなかった……。

初めてそれを知ったときは耳を疑った。自分の常識では考えられなかったからだ。昨年の夏、まだ潤は制服を着ていないといけないときだったから、悪い男に騙《だま》されて恋にのぼせ上がり、道を見失っているとしか思えなかった。けれど潤の思いは本物で、それと同じくらい相手の男も本気だとわかり、二人の結びつきの強さに最後自分は反論することも出来なくなったことは苦々しい記憶だ。

榎《えのき》泰生――――。

正は男の名前を憎々しげに呟く。

傲岸不遜《ごうがんふそん》で、生意気で、傍若無人《ぼうじゃくぶじん》で、盗人猛々《ぬすっとたけだけ》しい男だ。

ファッション業界では多少名の知れた男らしいが、モデル業など正には浮ついた職業にしか思えない。ステージで活躍するあの男の姿を見るとこの自分でさえ騙された気になるのだから、純粋な潤などひとたまりもないだろう。

女にもてるという以上に人を惹《ひ》きつける能力に長《た》けているらしく、一度パーティーで見かけたときは周囲に大勢の信奉者《しんぽうしゃ》を従えていた。当人はけんもほろろに蹴散《けち》らしていたが、あんな様子を見ると本人の気持ちはさておき潤の苦労も大きい気がする。

正としてはそんな厄介な相手などもってのほかだったが、本人があの男以外嫌だというのだから仕方ない。反対しようものなら、潤は悲しげに瞼を伏せてしまうのだ。あんな息子の顔を見たら安易にダメだとも言えなくなる。

だから、潤が明るく笑い続けている限りは自分も多少のことは目を瞑《つむ》るつもりでいた。

「いや、しかしあの指輪はまだ早い」

潤の薬指で光っていた指輪を思い出し、正は渋い顔をする。

二人が挙げた結婚式にも立ち会った。潤と養子縁組をという話を何度も持ってこられている。何より二人はすでに一緒に暮らしているのだ。これからの人生を一緒に歩む人間として、潤があの男を選んでいることは正も知っていたのに、昨夜あの指輪を見た瞬間愕然《がくぜん》としてしまった。

息子が本当に人のものになった気がした……。

嫁に行った娘の父親はこんな気持ちだろうか。

そこまで考えて、正はムッとする。

「何が嫁だ。潤は男だ」

鼻息も荒く、ここ最近あからさまに所有権を見せつけてくる男に一矢《いっし》報いるためにも、早い時期に潤に腕時計を買ってやることを心に誓う。

非常に気にくわない男ではあるが、それでも潤を大切に思う気持ちだけは認めてやってもいいと、最近思うようになっていた。あの男には絶対言うつもりはないが。

「あぁ、そうだ」

フラワーアレンジメントに目をやり、今の美しい姿を画像に残しておくことを思いついた。

社長室に飾っていると潤に写真付きでメールを送ってもいい。

いいことを思いついて、ほくそ笑みながら携帯電話を取り出す。

「これは何の花だ。あじさいか？」

こうしてみると、机周りがパッと明るくなって悪くない。

「今度から業者に花を生けにきてもらってもいいかもしれないな」

無事に携帯画像として取り込んで、正は満足げに頷いた。


「おはようございます、橋本《はしもと》さま。会議室へ行かれる前にぜひ社長室へ寄っていただきたいと、社長の榎が申しております。どうぞご案内いたします」

月曜日の朝は何かと忙しい。

今日も、以前から進めているプロジェクトの最終報告会議が入っていた。

今までにない規模の大きな会社との会合は毎回緊張するが、それでもトップに君臨するのはプライベートでも親しくしている相手であるため、少し気が楽だ。

必要以上に腹を探らなくてもいいのはありがたい。

正が目下気に食わないとライバル視している榎泰生の父とは、知り合ってまだ日は浅いが、公私ともに深い付き合いを続けていた。

豪放磊落《ごうほうらいらく》な性格で、冷厳さと寛容さを持ち合わせた親分肌――榎幸謙《こうけん》は会社のトップになるべくして生まれた男だろう。

同じ男として正も尊敬しているが、ただ何ごとにも余裕綽々《しゃくしゃく》な態度であるのだけはいただけない。年齢もそう変わらないのに、正に対してどこか庇護者《ひごしゃ》のようにふるまう幸謙には納得いかないものがあった。

私はか弱い人間ではないのだから。

確かに息子との仲を改善する際には幸謙を大いに頼りにしたし、その時に多少面目ないところも見せたが、それをいつまでも引きずってもらっては困る。

今日こそは毅然《きぜん》たる態度で、幸謙の今の庇護的観点を変えてもらおうと正は背筋を伸ばした。

先に会議室へ向かう部下たちと別れると、正はエレベーターで最上階まで上がる。受付嬢から秘書に案内が変わり、開けられた扉の向こうに鷹揚《おうよう》として出迎える幸謙がいた。

「やぁ、おはよう」

まるで友人のようなこんな態度も少し苦手だ。

息子であるあの男もこんなところはそっくりだと思えるせいかもしれない。

「おはようございます、榎さん。何かお話でもありましたか」

慇懃《いんぎん》な挨拶でけじめをつけ、正は幸謙に向き合う。

座り心地のいいソファはイタリア製だ。自分の社長室にあるソファとはまた違うが、これはこれで悪くないとゆったり腰かける。

そんな正の視界に、テーブルに置かれたフラワーアレンジメントが飛び込んできた。

深い紫色のグラデーションが美しいアレンジメントは、官能的とも呼べるような色気ある大人の雰囲気だ。

ぼんやりとそれを見つめ、いつも花など飾ってあったかと正は思い出そうとする。

「いや、潤くんは本当にすばらしい息子だ。まさか、私がこんなものをもらえる日が来ようとは思いもしなかったよ」

「は？」

「これだよ、これ。君ももらったんだろう？　昨日の父の日に、このフラワーアレンジメントが届いたんだ。私をイメージして頼んでくれたらしいよ。潤くんの目からしたら私はこんな艶っぽい大人なのかと嬉しくてね、つい君に自慢したくなったんだよ」

「何ですって!?」

驚愕《きょうがく》して思わず叫んでしまった。

「え、な、どっ、どうしてあなたも潤からもらうんですかっ」

どうりで、何か気になるフラワーアレンジメントだと思った。

同じ花屋に注文されたせいだろうか。花の色の組み合わせやグレードはもちろん、雰囲気そのものが自分のもらったものと何となく似ていたのだ。

気に入らない。まったくもって気に入らないっ。

潤の父親は自分ではないか。どうして幸謙にもやる必要があるのか。

「うん？　どうしてって、私も潤くんにとっては父だからだろう。嬉しいね、潤くんは本当にできた嫁だ」

「誰が嫁ですかっ。勝手に人の息子を嫁扱いしないでください。そもそも潤は男でしょう」

わなわなと震えて幸謙を睨《にら》みつけるが、目の前の男はただただ鷹揚に笑うばかりだ。

「ははは。まぁ、いいじゃないか。潤くんは泰生と結婚しているんだから、私にとって息子も同然だ。ほら、カードも一緒にもらってね。『ステキなおじさま』だなんて書いてくるんだよ、あの子は。可愛いじゃないか」

「……何が『ステキなおじさま』だ」

「ん？　何か言ったかな」

ぼそりと口にした呟きを聞き咎められ、正はぶすくれて顔を背けた。

目の前のフラワーアレンジメントがやけに艶やかな色気に富んだものであるのも、気持ちがけば立つ原因のひとつだ。

潤の目からしてみれば、私は男の色気が足りないのか。

幸謙に男として負けているような気にさせられて、少々面白くない。

「君のアレンジメントはどんなものだった？　写真か何か撮ってないのか？」

「撮ってません。もういいでしょう、会議室に行きましょう。もう十分近く遅刻ですよ」

「あぁ、じゅうぶんな時間かな。お互いの部下たちもいい具合に交流を深めている頃だろう」

幸謙のセリフに、正はハッと顔を上げた。目が合った幸謙は、しかし、魅惑的なウインクを返してくる。

「いや何、君が美人すぎるから、うちの部下たちは初恋の人を前にした中学生のようにモジモジしてしまうらしいんだ。まったく私の部下ともあろうものが、美人を見たら何をさておき問答無用で口説くぐらいの伊達男ぶりを発揮してくれないと困るんだがね」

幸謙はそんなふうに茶化したが、おそらく正の堅苦しい雰囲気に幸謙の部下たちはこれまでずっと萎縮《いしゅく》していたのだろう。自分自身、初めての異業種交流だと普段以上に肩に力が入っていた気がする。気付いていなかったけれど、会議室の空気は毎回痛いほど張りつめていたのかもしれない。幸謙がやけに会議中にジョークを飛ばしてくると思っていたが、そんなわけがあったのか。

「君の部下たちからしてみれば、君と私の仲のよさにやきもきしていたようだがね」

どこまでもフォローしてくれる幸謙だが、正は情けなさにきつく歯を食いしばった。

今までも、トップたるもの、もっと余裕のある態度で接しないと部下たちは窮屈《きゅうくつ》で仕方ないと、陰口をたたかれたことがあった。

自分でも気を付けているが、なかなか幸謙のように悠然と構えられない。性分だと諦めることも出来ず、こうして腑甲斐ない思いを毎回嚙みしめるばかりだ。幸謙からフォローされればされるほど、自分との違いを見せつけられるようで悔しい気持ちにもなる。

しかし、幸謙はどこまでも幸謙だった。

「あぁ、いけない。唇を嚙み切ってしまうよ」

唇に触れる温かい指の感覚に、正はぎょっと顔を上げた。思った以上に近くに幸謙の顔があって、慌てて距離を取る。

「なっ、何なんですか、あなたはっ」

「うん？　憂《うれ》いを秘めた顔も美しいなと思ってね」

こ、この男はどうして純粋に尊敬させてくれないのかっ。

真っ赤になっているだろう顔で正は睨みつけるが、こんな時の幸謙は本当にタチが悪い。

「君の美しさも可愛らしさも他人に見せるのはもったいないな。もう少し君が落ち着いてから移動しよう。部下たちにさらに親しくなる時間を与えるのも悪くないだろう」

こんなところが庇護者の目線なのだと、恥ずかしさと悔しさで胸がモヤモヤする。

自分は守られる立場ではないと奮《ふる》い立つような気持ちになるのに、案外居心地は悪くないと思うからまるで自分自身に裏切られた気分だった。しかも美しいとか可愛いとか、さっきの話題をどこまで引っ張るのか。

怒ればいいのか笑えばいいのか、正にはわからなかった。

「あなたも他人でしょう」

ため息交じりにそれだけは訂正する。

「おや、私たちは潤くんという可愛い息子を持つ同士ではないか。他人だなんて悲しいな」

「潤は私の息子です。あなたには別の息子がいるでしょう」

ふんと鼻を鳴らし、正はポケットから携帯電話を取り出した。画面を操作する正を横から幸謙が覗き込んでくる。

「何だ?」

「見ますか。私がもらったものです」

「あぁ、シックで美しい花だ。君の奥に秘めている情熱が伝わるアレンジメントだね」

こういう男なんだ。

どこまでも伊達男ぶりを発揮する幸謙に、こめかみ辺りがぴくぴくと動くが正は冷静を装う。

だが、そんな正の努力を吹き飛ばすようなひと言がその後に待っていた。

「さすがは潤くんだね。私たちの自慢の息子だ」

「潤は私だけの息子だ――っ」

今度こそ、正は大声を上げて怒鳴りつけてしまった。

END

あとがき

この度は『溺愛の恋愛革命』を手に取っていただき、ありがとうございます。

今回は題名に二つも『愛』が入っている通り、愛たっぷりのお話（笑）。そして、いつもとちょっと違ったテイストです。楽しい話にしたいと今の潤ならではの日常風景を綴ってみました。初めての方でも楽しめる一冊になっているかと思いますので、ぜひよろしくお願いします。

この巻で、とうとうカラーに八束が登場です。口絵ですが、諦めずに潤と泰生の間に割り込み続けた八束の執念でしょうか。香坂あきほ先生は毎回本当にステキなイラストを描いて下さいます。本編では楽しげなイラストが多いのも嬉しいです。今回もありがとうございました！

ありがたいことに、お手紙やプレゼントを頂戴しております。お返事を書くことがままならないのですが、ひと文字ももらさず読み込んでいます！　青野はブログや同人活動もやっていないので、感謝の気持ちは作品でお返ししたいと思っています。なにとぞご容赦下さい。

最近担当女史が優しいです。優しい言葉をかけられると後に何かあるのかと密かに心臓が痛くなります。いえ、お仕置きを待つ胸の高鳴りでしょうか。今回も色々とお世話になりました。

最後になりましたが、ここまでお付き合い下さった読者の方、出版に携わったすべての方々に厚く御礼を申し上げます。また次の本でもお目にかかれますように。

二〇一二年　梅の咲くころ　　青野ちなつ

初出一覧

スウィートなバースデイ　/書き下ろし
イジワルなおしおき　/書き下ろし
ふたりのパパ　/書き下ろし

B♥PRINCE
http://b-prince.com

B-PRINCE文庫をお買い上げいただきありがとうございます。
先生へのファンレターはこちらにお送りください。

〒162-0825
東京都新宿区神楽坂6-46　ローベル神楽坂ビル
リブレ出版(株)

溺《でき》愛《あい》の恋《れん》愛《あい》革《かく》命《めい》

発行　2012年4月7日　初版発行

著者｜青野ちなつ
©2012 Chinatsu Aono

発行者｜髙野 潔

出版企画・編集｜リブレ出版株式会社

発行所｜株式会社アスキー・メディアワークス
〒102-8584　東京都千代田区富士見1-8-19
☎03-5216-8377（編集）

発売元｜株式会社角川グループパブリッシング
〒102-8177　東京都千代田区富士見2-13-3
☎03-3238-8605（営業）

印刷・製本｜旭印刷株式会社

小社ホームページ　http://asciimw.jp/

Printed in Japan
ISBN978-4-04-886356-8 C0193